お直し処猫庵

猫店長、三冊目にはそっと出し

尼野ゆたか

富士見L文庫

もくじ

一章　魔王を倒せ！　全てを切り裂く剣とあらゆる攻撃を防ぐ盾（肉球つき）

「それが、大人のやり方だよね」

　ああ、まただ。片岡春海《かたおかはるみ》は内心で頭を抱える。また、面倒な感じの流れになりつつある。

「そうやってさ、決めつけてさ。こっちの話なんて、聞きやしない」

　目の前では、ブレザー姿の高校生――息子の丈之《たけゆき》が、演説を始めていた。

「若い連中は世間を知らないって、一括《くく》りにするんだろ」

「そんなことはないわ」

　内心でうんざりしながらも、春海は落ち着いて受け答えする。ここで「あんたこそわたしを大人って一括りにしてるでしょ」とか返すとまた紛糾する。経験済みだ。

「丈之は丈之だと思っているわ。だからこそ、話してるのよ」

　大袈裟《おおげさ》な言い回しだが、本心である。何も、春海は子供を抑えつけ操り人形にしたいわけではない。我が子を一人の人間として尊重し、その言葉や気持ちに真摯《しんし》に耳を傾けたいと思っている。

「別に親だからって上から目線で言ってるんじゃなくて、あんたより長く生きてる人間としてアドバイスしているだけなのよ」

誠意を込めて、そう告げる。

「はっ。オーケーブーマーってやつだね」

丈之は、春海の誠意を鼻で笑い肩を竦《すく》めてきた。なんだそのよく分からない台詞《せりふ》とうざいジェスチャーは。学校で流行《はや》っているのか。芸人かユーチューバーの真似か。

「――とにかく、もう一度よく考えなさい」

それでも春海はこらえた。――分かっている。ここで頭ごなしに怒鳴れば、割と打たれ弱い丈之はしゅんとして部屋に戻る。そして何かやたらびゅんびゅんいうテクノみたいな音楽（ダブステップとかいうジャンルらしい）をデカい音で聴く。晩ご飯くらいまではふてくされているが、次の日の朝にはけろっとして学校に行く。

だが、それでは解決にはならない。ただ黙らせただけだ。そうではなく、言いたいことを言い合って、お互いのことを分かり合うのだ。

「よく考える？　そうやって色々考えるばっかりで、一歩も動かないで何も成し遂げられないままで、お母さんの年になるのなんてごめんだよ」

丈之は再び鼻を鳴らしてきた。

「もう一度言ってみなさい！」

結局頭ごなしに怒鳴ってしまった春海であった。

盛大に聞こえてくるびゅんびゅんいう音楽を聴きながら、春海は先ほど丈之が口にした「オーケーブーマー」なる言葉についてスマートフォンで調べてみる。

何でも、英語圏のSNSで生まれた言葉だそうだ。ブーマーというのはベビーブーマー――ベビーブーム世代のことであり、最近の若者からすれば年配の世代だ。その世代からのお小言を、まさしく鼻で笑ってあしらう言い回し《スラング》ということらしい。似たような言い回しを日本語で探すなら、「老害、乙」みたいな感じだろうか。な、なんだとー。

そもそも春海は全然ベビーブーム世代ではない。こちとら氷河期ど真ん中、世の中の理不尽を思いっきり浴び続けている世代である。あんまなめんなよという感じだ。

ところで、そのベビーブーム世代とは一九四六年から一九六〇年代半ば生まれくらいまでを指すらしい。どっちにせよ春海とは全然関係ないが、随分と長い。団塊とか団塊ジュニアとか、せいぜい数年の間の話なはず――うん、やっぱりそうだ。

なんてことを春海はちまちまと調べる。知っているからといって向こうが恐れ入ったりすることは全然ないのだが、知らないでいると「そんなことも知らないくせに！」で会話にならないからだ。時代の流れは早い。やれICTだとかやれClassiだとか、最近の子供は凄《すさ》まじい勢いでIT化している。ぼんやりしているとあっという間に石器時代人扱いである。

春海など、パソコンを触り始めたのがやっと大学生の頃だ。異様な熱を発するノートPCでレポートのために必死であれこれ検索したものである。懐かしい。

考えてみれば、あの頃は楽だった。何かすれば、何か評価してもらえた。丈之ときたら何も感謝してこない。毎日の食事も弁当も、当然のものとして享受している。実に物悲しい。

いつからだろう、こうなったのは。春海の考えが、別のところへと流れる。

丈之はイヤイヤ期がほとんどない子だったし、中学校でも反抗期らしい感じがさっぱりなかった。それはそれで自己主張がなさすぎないかと気を揉《も》んでいたら、高校になってどかんと来てしまったのだ。

ちなみに今回なぜ揉めたのかというと、帰って来るなりいきなり「俺、世界を見て回りたい」とか言い出したからである。

それ自体は別にいい。むしろ背中を押してやってもいい。安穏と育ってきた丈之にはいい刺激だろう。しかし、「だから学校を休学する」とか言い出したのでおいちょっと待てとなり、止めに入ったら紛糾してしまった。

バイトをして貯金した上で、夏休みなり何なりに行けばいい。今から夏休みになるまで待っていても、世界は同じ世界のままである。多少支援してあげれば、色々見て回れるだろう。大学に行って、それからでもいい。大学の夏休みは長いし、そもそもそういう使い方を想定している面もあるはずだ。

他にもショートステイや交換留学など、便利な仕組みも色々とある。わざわざ出欠にデカい穴をあける必要はどこにもない。正直、お前学校サボりたいだけじゃないのかと疑っている。

まあ、それでも振り切って行くというなら認める覚悟はある。だが、残念ながら丈之にそこまでの根性はないと断言できる。大体何でも手を付けてみるが、上手《うま》くいかないと飽きて投げ出してしまうのだ。ゲーム実況、ギター、イラスト描き、はてはペン回しやヨーヨー（この時代にヨーヨー！）に至るまで、枚挙にいとまがない。

何かに影響を受けても全然構わない。現状に不満を持つのも大いに結構だ。ただ、一つくらいはやり抜いてほしい。適当にやったことは、適当な結果しか残らないのだから。

「うーん」

これくらいのことが言えればいいのかもしれないが、中々難しいものだ。

――そもそも、である。丈之の言葉は、全てが的外れだというわけでもない。実際、春海は何か立派なことを成し遂げた経験などない。自分の人生だから、自分だけにはよく分かる。誤魔化しようがない。春海は、何ということもない人間なのだ。

適当にやったことは、適当な結果しか残らない。そう伝えて、「今の自分の生活がそう

だからなの？」と聞かれたとしたら、春海は自信を持って違うと言いきれるだろうか
――？

予想通り、丈之は次の日にはけろっとした様子で学校へ行った。内心ムッとしつつ、春海はいってらっしゃいといつも通りに送り出した。続けて夫の享《とおる》も送り出す。春海の朝の部、終了である。

「さてと」

続いて、春海の午前の部開始だ。

まずスーパーで大根。朝市で安いのである。大根だけ買うのもなんなので他にも何か買いたいのだが、今一つ広告に魅力がないので悩ましいところだ。現地で改めて考えよう。

次にホームセンターでフライパン。今使っているやつのテフロンが剝《は》がれて、やたらとものが焦げ付きやすくなったのである。火加減を強くしすぎないとか、熱くなったところに急に水をぶっかけないとか、金属製のもので擦《こす》らないとか、あれこれ工夫して保《も》たせてきたのだが、そろそろいい加減限界なのだ。

買い物に使うのは自転車である。途中すれ違う近所の人に挨拶《あいさつ》したりしつつ、スーパーに到着。大根を確保する。残念ながら、大根以外にめぼしいものはなかった。ここでつい

「大根だけだと何だか骨折り損だから」といった感じで目についた野菜を買うと、野菜室に入れた後で存在を忘れて駄目にしてしまうので、ぐっと我慢して大根だけを買う。

次にホームセンターへ。一口にフライパンと言っても色々あり、大きさやら性能やら多種多様なセールスポイントを掲げている。じっくり見比べ、手に取ってみたりして、最終的にお値打ち価格のものにした。ちょっと重いが、まあいいだろう。買い物終了。

自転車を漕《こ》ぎながら、ぼんやりと考える。なるほど面白みのない日常である。丈之に言われて怒るはずだ。自分自身でも、そう思っているのだから。

勿論《もちろん》、毎日がドラマチックで楽しい人間などそうはいない。享は会社で企画書やらなんやらと取っ組み合っているだろうし、丈之は何か志を抱きながら授業を聞き流しているはずだ。どっこいどっこいだろう。

だから、娯楽があるのだ。人によっては丈之のように音楽を聴くのだろうし、夫の享だと釣りだ。朝というか夜中に起き出して、様々な装備を調えて車で飛び出していく。

他にも自分で何か作って、ネットなどで発表するという人もいるだろう。小説、絵、写真、手芸品、何でもいい。

さて春海はというと、特に何もしていない気がする。

たとえば妹の千里《ちさと》も結婚しているが、今でも独身時代に追っかけていたバンドのことを何かとチェックしている。ライブにも行ったりする。しかし、春海にはそういう情熱があるわけでもない。最近チェックしたのはスーパーの特売とフライパンの相場だ。

面白いことでも起きたらなあ。ぼけっとそんなことを考える。自転車の前に、何か不思議なものが飛び出してくるとか。

「ぬぅぅっ」

瞬間、本当に自転車の前に何かが飛び出してきた。春海は慌ててブレーキを掛ける。何とか、ぶつからずに済んだ。

「なに、なに」

片足をついて、前に飛び出してきた何かを見やる。

――それは、猫だった。茶色と黒の縞《しま》模様。丸々と太っている。他に特徴といえば、二本の後ろ足で立ち上がっているところや、

「いや、これは失礼したな」

やたらと低く渋い声で喋《しゃべ》るところだろうか。

「怪我はないか？」

猫が、渋い低音ボイスで訊《たず》ねてくる。

「あ、大丈夫です。こちらこそ、注意が足りなくて」

春海は咄嗟《とっさ》に頭を下げた。そして考える。いや待てよ。相手は猫だぞ。こんなに礼儀正しく接する必要があるのか。

また考える。いや待てよ。猫なのに人の言葉を使って詫《わ》びてきたのだ。言わば猫の方から人間に歩み寄ってきているのだから、こちらもそれ相応の態度を取るべきではないのか。更に考える。いや待てよ。そもそも猫が人の言葉を喋るというのは物凄《ものすご》くおかしいことではないのか。

「どうした、難しい顔をして」

思考の迷宮を彷徨《さまよ》う春海に、猫が言う。なんなんだ、愛嬌《あいきょう》のある顔をしてという感じだ。

「袖《そで》振り合う程度で、多生の縁というのだ。自転車でぶつかりそうになるなら、更に深い縁ではないか。茶菓子でも振る舞おう」

猫は、にやりと笑ってきたのだった。

「店長。一体何をしていたら、通りすがりの自転車の人にぶつかりそうになるんですか」

猫にそう訊ねたのは、一人の青年だった。若く細身で、エプロンを着けている。くせっ毛が印象的な、中々の美男子である。

享も結婚する前、付き合い始めた頃はこんな雰囲気があったななんてことを春海は思う。今や釣りでやたらと日焼けして（釣りを覚えたのは割と最近だ）、仲間と飲んで腹が出てという感じで見る影もない。

「若い頃の勘を取り戻すために、鍛練を重ねているのだ」

店長と呼ばれた猫は、えへんと胸を反らした。

――店長が春海を案内したのは、カウンターがあるお店だった。和傘が立ててあったりしてお茶屋をイメージしているのかと思いきや、奥の棚には中国風の陶器だか磁器だかにお花が挿してあったり飛行機の模型が置いてあったりと、しっちゃかめっちゃかである。

春海はカウンター席に座り、店長は隣に座っていた。猫らしい腹ばいスタイルではなく、人間のような腰掛けスタイルである。

「また店長はそれですか。年寄りのナントカですよ」

青年が呆《あき》れたように言った。青年は、カウンターの向こうで何やら立ち働いている。

「なにー！　誰が年寄りだ！」

店長がぷんすか怒る。確かに見た感じ丸々としているし、声や喋り方からしても若々しいとは言えないが、年寄り扱いされるほどの老猫なのだろうか。

「というか、あなた店長なんですね」

それはさておき、浮かんだ疑問を春海は口にした。所作言動が人間みたいなところを除くと、店長というより看板マスコットのような感じなのだが。

「違う。庵主《あんしゅ》だ」

店長が、不満げに訂正してくる。

「ああ、ここって庵《いおり》なんですよね」

春海は、店に入る前に見た看板を思い出した。さて、何と書いてあったか。

「お直し処、猫庵《びょうあん》でしたっけ」

春海が言った途端、店長はがくーんと肩を落とし青年はあははと笑った。

「猫庵《にゃあん》と読むんですよ」

そして、青年が説明してくれる。なるほど、そういうことか。

「どうして誰も正しく読んでくれぬのだ」

店長（やっぱりこっちの方がしっくりくる）が不満そうに言った。読めないのは、春海だけではないらしい。まあ、それはそうだろう。いくら何でも難しすぎる。

「どうぞ」

青年が、紅茶を注いだカップを受け皿に載せて出してくれた。カップの取っ手には、店長と同じ毛色の小さな猫がついている。曲線部分にちょこんと乗っかっていて、とても可愛らしい。

「ありがとうございます」

お礼を言って、カップを手にする。受け皿のカップを載せる部分には、肉球が描かれていた。カップを持つと見えるという仕掛けらしい。なんとも気が利いている。

「お茶請けもお出ししますね」

そういうと、青年は何やら箱を取り出しカウンターに置いた。

「バトンドールです」

箱の表面には、中身と思《おぼ》しきものの姿が載せられている。薄い茶色をした細いスティックに、チョコレートをコーティングしたお菓子。

「これ、ポッキーですか？」

誰もが慣れ親しんだ、国民的なお菓子である。だが、雰囲気が随分違う。

「うむ。ポッキーだな。言うなれば、その大人版がバトンドールだ」

店長が、横から説明してくれる。なるほど、言われてみると確かに高級感がある。

たとえば、箱の形やデザインもそうだ。ぱっと見は直方体というか、四角く長い感じだが、よく見ると曲線も取り入れられていて凝っている。前面にあしらわれているポッキーの写真も、実に上等な雰囲気を醸し出していた。ポッキーなのに。

「バトンドールは、大阪・京都・神戸《こうべ》と福岡の百貨店にお店が入ってます。ラインナップが定期的に入れ替えられたり、地域によって限定品があったりして、お土産としても人気なんですよ」

「そうなんですか」

青年の話を聞きながら、春海はへえーと感心する。世の中には、こんなお菓子もあるのか。どの百貨店も春海の住んでいるところから遠いし、さっぱり知らなかった。

折角なので、改めて箱をよく見てみる。表面にはポッキーの写真があしらわれ、その後ろには赤っぽい色の液体のグラスが置かれ、下の部分にはV.S.O.Pと書かれている。

これはすなわち、

「――ブランデー味？」

というなのことだろうか。何の略語かは忘れたが、V.S.O.Pといえばブランデーの等級か何かを示すもののはずだ。

「ええ、そうですね。お酒は飲まれますか？」

「うーん、まあ飲みますけど。でも、ブランデーとかは、ちょっと」

主にビールやチューハイ。日本酒も少しなら飲む。焼酎《しょうちゅう》は匂いが好きではない。「ハルミ酒」の内訳など、そんなくらいのものである。人生において、ブランデーと関わりを持った経験などない。気を失った人に気付け薬として使うくらい強烈らしい――という知識があるくらいだ。

「なるほど、そうでしたか。別の味のものと交換しましょうか？」

青年が、そう言ってきた。

「いえ、大丈夫です」

春海は首を横に振った。折角出してくれたものを取り替えさせるのは、どうも気が引ける。

「かしこまりました」

青年が、箱から小袋――これも高級感がある――を取り出して開ける。すると、ふわりと何かの香りが鼻を突いた。おそらくは、ブランデーの芳香に違いない。中々いい匂いだ。

一袋に入っているのは四本。とても贅沢《ぜいたく》である。

「ご用意しますね」

青年はバトンドールを、シャンパングラスに挿していく。

「ふん、キザなことをしおる」

店長が、鼻を鳴らす。

「大人の女性をおもてなしするんですから、これくらいはしないと」

青年が微笑んだ。ちょっと、どきりとしてしまう。

「むしろ店長、箱ママで出しちゃうんですか？　やだなあ、野暮ったいのは毛並みだけににしてください」

「なにー！」

店長が、もふもふの毛をぶわっと膨らませて怒る。

「はい、どうぞ」

それを軽やかにスルーして、青年はシャンパングラスを春海の前に置いてくれた。

「おお」

　思わず春海は声を上げた。チョコレートが、随分とたっぷりしている。ポッキーという様式を保ったままここまでグレードアップするとは、大したものである。

　いわゆる「プリッツの部分」を持って、口元へ持って行く。ぱくりとできる距離まで近づけて、一瞬春海は躊躇《ためら》った。この先にあるものに、畏《おそ》れにも似た感情を抱いてしまうのだ。果たして、春海は耐えきれるのか。途方もない衝撃で、粉々に打ち砕かれてしまうのではないか。

　しかし、いつまでもこうしているわけにもいかない。青年も店長も、春海が食べるのをわくわくとした面持ちで見守ってくれている。きっと、よほど派手なリアクションをすると思われているのだろう。まあ、気持ちは分かる。誰しも、自信を持って勧めたものへの反応は楽しみなものだ。

　春海は覚悟を決めた。かくなる上は、食べるしかあるまい。そっと口を開き、春海は人生初めてのバトンドールを賞味する。

「――んんっ」

　瞬間、春海の瞼《まぶた》は固く閉ざされた。体が勝手に、可能な限り五感をシャットアウトしたのだ。口の中に広がる味わいに集中しろと、生き物としての直感が命じている。

　繰り返しになるが、春海はブランデーの味を知らない。しかし、断言できる。このお菓子は、美味《おい》しい。

まず、プリッツの部分が素晴らしい。チョコレートチョコレート言っていたくせにどういうことだ、という感じだが、実際そうなのだから仕方ない。上品かつ濃厚なバターの風味、ほろほろと柔らかい食感。ただチョコレートを塗るための芯《しん》ではない、単独でもお菓子として戦える能力を有している。

そのプレッツェルに加わるのが、おそらくはブランデーの味である。色濃く、舌に響くような味わい。きっと、お酒としての味わいはもっと強烈なのだろう。気絶した人が叩《たた》き起こされるのも、何となく分かるような気がする。

濃厚なバターにブランデー。盛ったところに更に盛るという感じだが、なぜかやり過ぎ感はなく見事なバランスを保っている。不思議なものである。

不思議と言えば、チョコレートだ、一目見てたっぷりしているにもかかわらず、チョコレート感やカカオ風味は控え目なのである。ただし消え去ってしまっているのかというと、そんなことはない。しっかりと存在が感じられる。

そこまで考えて、春海は気づいた。もしかしたら、バターとブランデーの組み合わせが破綻《はたん》しないのは、チョコレートが繋《つな》いでいるからかもしれない。だとすると、これは途轍《とてつ》もないことだ。ポッキーとは、本来どこまでいってもチョコレートを味わうものである。だというのに、このブランデー味のバトンドールではチョコレートが裏方に回っている。最早《もはや》、ポッキーというものの前提が崩されているとさえ言える。だというのに、とても美味しい。パターンに頼らずとも、新しい味が提案できるとは。メーカーの矜持《きょうじ》、「我々の本気を見るが良い」という声が聞こえてくるかのようだ。

「お気に召したようですね」

考え込む春海を見て、青年が笑った。

「そもそも、ブランデーのつまみにチョコがあるくらいだ。合わないわけがない」

店長もうむと頷《うなず》く。両名共に満足げだ。

「ええ、ちょっと感動しちゃいました」

えへへと笑うと、春海は、ティーカップを手に取った。

「紅茶も頂こうかな」

そして、少し啜《すす》ってみる。

「あ、おいしい」

当然のことながら、バトンドールとは全く違う味わいだ。濃厚さに落ち着きをもたらしてくれる。赤みがかった褐色という色合いも、チョコレート色のバトンドールと好対照を描いている。

ふっ、と息をつく。お洒落《しゃれ》なバーのようなお店で、ブランデー味のお菓子と紅茶。なんだかちょっと、大人な気分だ。いやまあ勿論《もちろん》春海はもういい大人なのだが、中々「自分は大人だなあ」と実感する機会はない。自分の子供っぽさに呆れたり、あるいは我が子の前で無理に大人として振る舞ったり、そんなことばかりだ。

「大人、かあ」

すっきりしない気持ちが、呟《つぶや》きになって口からこぼれ落ちた。

「なんだ、悩み事か」

店長が、訊《たず》ねてくる。

「ええ、まあ」

春海は店長を見やった。もこもこでもふもふの毛。大人というか成猫であろう彼だが、自己のあり方への悩みなどはなさそうだ。

「話してみい」

なさそうなのだが、しかしその瞳《ひとみ》には不思議な深みがあった。まるで、喜びも悲しみも全て見つめてきたかのような、そんな光を湛《たた》えている。

「子供が反抗期というか、思春期というか。そういうので」

春海は、我知らず心の裡《うち》を言葉にし始めていた。

「こっちが大人なんだし、頭ごなしに怒鳴ったり抑えつけたりしちゃあダメとは思うんです。でもやっぱり、色々難しくて。大人失格だなあ、みたいな」

店長の目を見ているうちに、気持ちがどんどん言葉へと姿を変え始めたのだ。

「SNSで『子供を怒鳴りつけるのは無能な親の証拠』みたいなのが流れてくるのを見る

度に、落ち込んじゃいますね」

バトンドールを一本、また一本と食べながら、春海は話し続ける。

「なるほどな」

店長は、それだけ言って頷いた。ぴくぴく動く耳の様子が、話をしっかり聞いてくれていることを伝えてくれる。

「そんな、万引きするとか先生を殴るとかみたいに深刻ではないんです。でも、何でもかんでもやりたい放題させるわけにもいかなくて」

話しながら、ぱくぱくとバトンドールを食べる。ちょっと勿体《もったい》ないかもしれない食べ方だが、美味しいので仕方がない。

「ほんと、どうしたらいいんでしょう。大人って、大変」

紅茶を飲み干す。これも勢いよく飲み過ぎたかなあと思ったところで、

「おかわり、いかがですか？」

青年がそう勧めてくれた。実にいいタイミングである。

「お願いします」

「かしこまりました」

青年は、ティーポットから紅茶を注いでくれた。湯気がふわほわと優しく立ち上る。新しく淹《い》れてもらったせいか、香りが少し違う。

「大人になる前に戻りたいか？」

店長が、そんなことを訊ねてきた。

「そういうわけでも、ないですけど」

子供に戻りたいとか、大人をやめたいとか、そういうところまで追い詰められているわけではない。今の自分が、今の自分の年相応に役割や責任を求められていること自体は、それなりに受け入れている。

「やりたい放題できた時が、懐かしいなーって」

時々、息苦しくなるのだ。サボりたいわけではない。逃げたいわけでもない。ただ、少しの間だけでもいいから、全ての荷物を下ろしたい。

「うむ、うむ」

店長が頷く。分かってくれているようだ。耳はぴくぴく動き、目は時折瞬《まばた》きし、体はぐにゃりと歪《ゆが》む。

「あ、あれ？」

おかしい。突然、猫店長が芸術的な絵画みたいになっている。

「さては、ブランデー味のバトンドールを食べ過ぎて酔ったのではないか？」

ぐにゃぐにゃ店長が、そんなことを言ってきた。

「いや、でもそんな」

どれくらいブランデーを含んでいるのかは分からないが、しかしお菓子一箱食べたくらいでこんなに酔っ払うことはないだろう。むしろ紅茶に何かあるのではないのか、と言おうとしたが、言葉にならない。

「大丈夫ですか？」

青年が声を掛けてきた。青年もふにゃふにゃと波打っているように見える。いや、二人だけではない。カウンターも、その奥の棚も、店の中全てが芯を失いくるくる回っている。

「合図された通りのものを入れましたけど、本当に良かったんですか？」

青年が言った。声色は心配そうにも聞こえるが、表情は最早どんなものなのかさえも判然としない。

「なあに、わしの見立てに間違いはない。確実なことは、まさに猫の目のようなものだ」

それはくるくる変わることのたとえではないのかと言おうとした春海だったが、やはり口は動かない。そして、遂《つい》にぐにゃぐにゃは頭の中にまで入ってきて、意識をそのままどこかへと連れ去っていった。

ここではない、どこかへと——

目が覚めると、そこは洞窟《どうくつ》だった。

洞窟である。お直し処と名乗る和風の内装のお店ではなく、洞窟である。剝《む》き出しの岩に上下左右を囲まれた、洞窟である。

「えっ」

「うそ、なにこれ」

そんな春海の言葉は、びっくりするほど反響した。ほとんど自分の声かどうかも分からない。ちょっと響きすぎではないだろうか。

そして、たっぷりとした余韻を残して消えていく。音というものが空気の振動であり、物に当たると様々に変化するということがよく分かる。

「いやいやいや」

物理現象について学び直している場合ではない。現状を把握しなければ。

「どう、なってるの」

周囲を見回してみる。喋《しゃべ》る猫も、イケメンの青年もいない。スーパーで買った大根とホームセンターで買ったフライパンが転がっているくらいである。

「――どうしよう」

現状を把握するどころか、謎は深まるばかりだった。もう何一つとして分からない。とはいえ、このままぼうっと座っていても何の解決にもならない。とりあえず、もう少し周囲を調べてみよう。

腹を決めると、春海は立ち上がった。大根とフライパンを拾い上げ、歩き始める。洞窟の中で持ち歩く必要も意味もあまりないのだが、今春海にとって馴染《なじ》みのある存在はこの二つだけである。何の役に立たないとしても、置いて行くことはできなかった。

少し歩いてみる。一歩踏み出すごとに、足音が響く。暑かったり寒かったりすることはないが、空気が何だか湿っていてそう心地よくもない。

やがて、洞窟の行く手が二股《ふたまた》に分かれた。妙にすぱっと分かれていて、何だかゲームのダンジョンじみて見える。

首を傾げつつ、とりあえず右側を選んで歩き出す。しばらく行くと、春海は開けた場所に出た。

「でっか」

思わず、声が出る。そこは、満々と水を湛えた湖だったのだ。

際まで行って水面を覗《のぞ》こうとして、やめる。昔、『洞窟の湖にはひどく深いものがあり、落ちると溺《おぼ》れ死ぬ』みたいなニュースを見たのを思い出したのだ。泳ぎは大して上手《うま》くないし、とても助かるとは思えない。

なんにせよ、行き止まりだ。戻って、もう一方の道を行くしか――

「儀式は――しかし――」

その時、人の話し声が聞こえてきた。

「成功したなら――いない以上――」

言葉自体は聞き取れるのだが、反響し輪郭が曖昧《あいまい》なため、今一つ内容まではっきりは掴《つか》めない。

「ど、どうしよ」

春海は狼狽《うろた》える。どことも知れぬ地で、誰とも知れぬ人と出くわしたくはない。しかし、身を隠そうにも場所がない。せいぜい湖の中くらいだが、それは無理というものである。

「やはり、『魔王に平和が脅かされし時、異世界より聖剣盾士《セイクレッド・ハート》が来たりて救いをもたらす』などというのは、絵空事の夢物語ではないのか」

「いや、わたしは信じる。かの偉大なる予言者・ツリシアスのニグォルドは、こう語っていたではないか。『戦の鋼の響く時、ヴァーラジアンの霧の道。カダの十字架夕日を受けて、人みな立ちて戦わん』――これは間違いなく、聖剣盾士《セイクレッド・ハート》の来現を指している」

何やら、随分と熱弁を戦わせてくる。そして、なぜだろう、彼らの会話の端々に現れる単語に妙な聞き覚えがある。

「ニグォルドの予言によれば、湖だ。もし儀式が成功したのなら、湖のほとりに――」

やがて、一群の男女が姿を現した。みな、白い布地に様々な模様を描いたローブのような服を着て、フードを目深に被《かぶ》っている。

この服装も、おぼろげな記憶がある。一度も見たことがないはずなのだが、なぜか懐かしいのだ。

「あ、あなたは」

「もしや」

向こう側も、春海のことを知っているらしい。口々に驚きの声を漏らしている。

「あの、すいません。ここは一体——」

「ようこそ、おいで下さいました」

男女の中でも一際小柄な誰かが、ゆっくりと春海の前に進み出てきた。張りのある低い声。何だか、聞き覚えがある。おそらく、間違いなくつい最近のことだ。

「わたしは儀式を司《つかさど》りました、ニー・ヤン・アンシュ。光の神ハルフォーディアにお仕えする神官にございます。アンシュとお呼び下さい。——ようやく、お目にかかることができました」

アンシュと名乗った何者かが、フードを外す。現れるのは——やはり、キジトラ柄の猫店長の顔だった。

「いや、いやいや。さっき会ったばかりでしょ」

「はて、なんのことやら」

店長は首を傾げる。

「そもそも名前からして猫庵庵主だし」

しらばっくれるのも大概にしてほしい。

「さすがは、伝説の英雄。我々とは異なるものの見方をなさっているようだ」

「これは、本当に降臨なされたと信じざるを得ないか」

現れた人々はというと、春海の戸惑いを何やら訳の分からない解釈でもって受け止めている。そもそも、自分たちのリーダー格が喋る猫だということにも違和感を持っていないらしきことからしておかしい。

「貴方《あなた》たち、何者なの」

「神官様のお付きを務めております、ディシー・セイネンです」

冗談みたいな名前を名乗り進み出たのは、猫庵で働いていたあの青年だった。

「ニーヤンアンシュより無理があるでしょそれ」

突っ込まずにはいられない春海である。

「僭越《せんえつ》ながら、ご質問にお答え申し上げます」

突っ込みをさらりと流して、青年は説明を始めた。

「我々は、危機に晒《さら》された世界を救わんがため、英雄を召喚する儀式を行っていました」

「英雄？　何が、なんだか——」

「何卒《なにとぞ》、我等が願いをお聞き届け下さいませ」

ざっ、と。アンシュがいきなりその場に跪《ひざまず》いた。それに合わせて、青年を含めた他の一同も一斉に膝《ひざ》を突く。映画のワンシーンのような光景だ。

「世界が滅亡に瀕《ひん》した時、三人の従者と共に魔の手を討ち払う英雄――聖剣盾士《セイクレッド・ハート》エクスペリア様！」

春海は、電撃に打たれたようになった。店長が口にした名前が、全ての記憶を呼び覚ましたのである。そう、春海の真の姿は、世界が滅亡に瀕した時三人の従者と共に魔の手を討ち払う英雄だったのだ――なんてことは勿論《もちろん》ない。

聖剣盾士《セイクレッド・ハート》エクスペリア。それは中学生時代の春海がせっせとノートに書き綴《つづ》った壮大なファンタジー物語（の設定）に登場する、強さと美しさと気高さを兼ね備えたヒロインなのである！

――懐かしい、というか恥ずかしい思い出だ。いつか小説化しようと、春海は頭の中に浮かぶ妄想を次々と書き付けていた。キャラクターのイメージイラストを描いたり、その活躍振りを表現する詩を添えたり、春海がキャラクターにインタビューする対話形式の文章を書いたり――いや、やめよう。これ以上思い出しても意味がない。胸が苦しくなるだけだ。

そう言えば、この人たちの外見に見覚えがある理由も分かった。これはプリース教の教徒のものだ。

この世界には三つの大陸と十五の王国があり、様々な民族や宗教も存在する。プリース教とは、光の神ハルフォーディアを信仰する宗教であり、かつては異端として不当なる弾圧を受けたが、五代目の宗主にして『信念の守護者』と呼ばれたケイレン・ティプニングが——いや、やめよう。これ以上思い出しても意味がない。

とにかく、彼らは間違いなく春海の想像した設定そのものの格好をしている。春海の乏しい画力ではイメージを具現できなかったが、理想としてはこんな感じだったはずだ。

謎が一つ解けたが、結果としてもっと大きな謎が生まれる。あのノートは、最終的に燃えるごみに出した。テキストファイルにデジタル化してもいたが、そのファイルもごみ箱に入れてその後ごみ箱を空にした。だというのに、なぜこの人たちはこのように高いクオリティで再現しているのか。

「エクスペリア様。まさか、本当にお目にかかれようとは」

「強く、美しく、気高い聖剣盾士《セイクレッド・ハート》。貴方が来臨された今、もう何も怖くありません」

春海が戸惑っている間にも、教徒たちはどんどん春海を伝説の英雄へと祭り上げていく。

「いや、違います。絶対違いますから」

必死で否定する。春海は強くもなければ美しくもないし、まして気高くなどもない。そこら辺にいる主婦である。

「何をおっしゃいますか」

店長が顔を上げた。そのひげが、ぴくぴくと動く。

「予言にある通り、全てを切り裂く白き聖剣と、あらゆる攻撃を防ぐ黒き魔の盾をもっていらっしゃるではありませんか」

「違います。これは野菜と調理器具です」

確かにそういう武器防具を考えた覚えがあるが、もっと格好いいビジュアルを持っている設定だった。エクスペリアは、大根とフライパンで魔の手を討ち払いに行くような面白キャラではない。

「朝日にきらめく露のような瞳《ひとみ》、吹き渡る涼風を思わせる声、そして美しく滑らかなその白銀の髪。紛《まが》うことなく、伝説に語られたエクスペリアその人です」

青年が、そんなことを言ってくる。

「いや、いやいや」

イケメンに褒められるというのは本来悪い気がするものではないだろうが、それにしても限度というものがある。春海の目は妹に「教科書に載ってる飛鳥《あすか》時代の仏像っぽい」と評されたほど細い。声もそんな爽《さわ》やかなものではないし、髪は月の光というよりは茹《ゆ》で時間が足りなかったパスタのように半端に硬く――

「――え？」

自分の髪を触り、春海は唖然《あぜん》とした。

まず、長い。体の後ろに流れていて気づかなかったが、お尻《しり》くらいまである。

次に、手触りがいい。無茶苦茶いい。さらさらにして、つやつや。ハリウッドのヘアスタイリストにケアしてもらっても、ここまでの仕上がりは不可能だろう。

極めつけは、色だ。色味は薄いが、白髪とは違う。現実には存在せず、それだけに夢見がちな少年少女を魅了して止まない色の髪——すなわち銀髪だ。

「ちょっと、ちょっと失礼」

そう言い残してくるりと反転すると、春海は湖に駆け寄った。落ちる落ちないも気にせずがばりと身を乗り出して、水に自分の顔を映す。

「っ——」

今度こそ、完全に春海は言葉を失った。

そこに映っていたのは、朝日にきらめく露のような瞳と、美しく滑らかな白銀の髪を持った女性だった。

「信じられない」

漏れた声も、いつの間にか別物になっていた。とても爽やかな、そう——吹き渡る涼風のようなものに。

——設定を作るにあたって、春海は春海なりに勉強した。

たとえば、最初は登場人物を普通の英語っぽい名前にしていたのだが、ある時英語の人名にはキリスト教由来のものが沢山あると知った。ジョンがヨハネの英語読みだとか、ピーターもピョートルもペーターも元はペテロ（十二使徒の一人か何かだ）だとか、そういう話だ。「オリジナルの世界を作らねば！」と意気込んだ春海は、何やかやと試行錯誤しながら一生懸命名前を考えた。

「エクスペリア様、おはようございます」

一生懸命考えた名前なのに、後になって登場したスマートフォンの機種名が丸被りした。既に世界作りをやめ、関連する記憶は思い出の玉手箱の奥底にぶち込んでいた春海だったので、家電量販店で初めてそのスマートフォンを見た時の衝撃たるや凄《すさ》まじかった。思わず別のフロアまで逃げ出し、買うつもりもないのにオーブンレンジを一つ一つ見て動揺を落ち着けようとしたものだ。今思うと玉手箱というよりパンドラの箱といった方が近いかもしれない。開けると黒歴史が飛び出してくるわけである。

「――おはよう」

今や、春海はそのパンドラの箱の中にいた。登場人物――というか主人公として、毎日を過ごしているのだ。

身に纏《まと》っているのも、来た時に着ていた洋服（ちなみにファストファッションだ）ではなく、この世界の服である。住んでいるのはやたらと広い屋敷で、天蓋《てんがい》つきのベッドの上で寝ている。おそらくは、貴賓というかVIPというかそういう扱いなのだろう。

「どうなさいました？」

そう訊《たず》ねてくるのは、店長だ。先ほど朝の挨拶《あいさつ》をしてきたのも店長である。今店長は、春海――というかエクスペリアに召使いとして仕えているのだ。

「何やら、ご気分が優れないご様子ですが」

「気分、か」

――暮らせば暮らすほど、この世界は春海が空想の中で思い描いた世界そのものだった。

どうやら、まことに信じがたいことだが、春海は自分の創造したファンタジー世界に迷い込んでしまったらしい。異世界に、救世主として転生してしまったのだ。

細々した設定も、しっかり生かされている。たとえばベッドのシーツには、馬に乗り手綱を握って上体を反らす男性の姿が描かれている。これはプリース教の戦神・ペンキルである。ペンキルは戦の神であると同時に、眠りの守護神でもあるのだ。言い伝えには、「夜になると現れる夢魔を追い払う」という――いや、そういう話はどうでもいい。そもそも、実際形にしてみるとデザイン的にちょっと微妙である。中学生の浅知恵だった。

「何か、飲み物をお持ちしましょうか。それとも、まだ休まれますか」

店長が困った様子を見せる。細かい設定に囚《とら》われて話が進められない春海の姿を、何か深刻な不調に見舞われていると勘違いしたらしい。ひげがしなだれ、尻尾《しっぽ》もしゅんと力を失っている。

「いや、何でもない」

春海はそう答えると、ベッドから下りた。身に纏っている服は、春海の動きを邪魔せず優雅な動きを演出する。

つくりはワンピースに似ている。素材はしっかりとしていて、なおかつ動きやすい。今まで着ていた服よりも、着心地がいいほどだ。

冷静に考えてみると、これもおかしい。ファストファッションとはいえ、現代日本の服よりも中世ヨーロッパ風ファンタジー世界の縫製技術が優れているはずもない。

だが、その辺は細かいことを言わないらしい。実際春海もあれこれ念入りに設定しているようで、そういう本当に地に足の付いた部分はあまり考えていなかった。言葉が通じたりするのも、同じだろう。もしその辺まで凝っていたりしたら、余計ややこしいことになっていたかもしれない。

「気にするな。この世界の行く末を案じていただけだ」

口調も、春海は強く美しく気高いエクスペリア的なものに変えていた。丁寧な物言いをするとその度に相手が驚いたり恐れおののいて平伏したりするので、らちがあかなかったのだ。最初のうちは気恥ずかしいことこの上なかったが、最近は大分慣れてそれなりに自然に喋《しゃべ》ることができるようになっている。

「本日は、英雄たちとの引見を行ってほしいと国王陛下はお考えのようです。伝説の聖剣《セイクレッド》盾士《ハート》が現れたと聞き、世界中から三人の勇士が従者となるべくこのメタリアール王国に集ったのです」

メタリアール王国。この世界に存在する十五の国の中でも、有数の長い歴史を持つ国である。元々はハドロック帝国の領土だったのだが、当時この地を治めていたエディドリアン辺境伯ハーリスが帝国からの独立を宣言。ファンクスの乱と呼ばれる賊徒の反乱を平定し――いや、だからそういう話はいい。

「陛下は大変お喜びで、エクスペリアという伯爵を新たに作ってはどうかと宰相に諮られたそうです。エクスペリア伯爵、というわけですね。広い領地も用意されるとのことです」

「いや、結構だ」

店長が言うが、春海は首を横に振った。折角伯爵になっても、何だかあんまり嬉《うれ》しくない。スマホオタクで新機種を買いまくっている人のあだ名っぽい感じがする。

「なんと謙虚な。さすがは聖剣盾士《セイクレッド・ハート》、俗世間の富や名声には一切興味がないのですね」

店長は、ずれた感じで納得していた。ふざけているのか、それともこのニーヤンアンシュは猫庵庵主《あんしゅ》とは他人の――他猫の空似であり、別猫なのだろうか。

まあそれに、店長の理解は設定としては間違っていない。朝日にきらめく露のような瞳と、吹き渡る涼風を思わせる声と、美しく滑らかな白銀の髪を持ち、世俗の富や名声には興味がない。目にも留まらぬ俊敏さと、天下に並びなき剣術の冴《さ》え。どんな強敵にも屈しない気高さと、いかなる難局も切り抜ける必殺技も持つ。それが、聖剣盾士《セイクレッド・ハート》エクスペリアなのである。今考えるとあまりに盛りすぎだが。必殺技って。

「ところで、聞きたいことがある。その、聖剣盾士《セイクレッド・ハート》の言い伝えなのだが」

気を取り直して、春海は店長に質問した。設定を作っておいてなんだが、細部のことがどうにも思い出せないのである。

「どんな話なのだ。かいつまんで教えてくれ」

途中離脱していい、みたいな話はないのだろうか。夫も息子も心配しているだろう。まさか空想が実体化した世界に行ってしまったとは思わないだろうし、きっと行方不明扱いに違いない。

「かしこまりました」

店長が、両の前足を胸に当てて深々と礼をする。メタリアール王国において、最上級の敬意を表す仕草である。こんな本筋に関係ないことは見たら思い出せる。つまり、本筋と関係ない設定ばかり作っていたのだ。小説化が最終的に頓挫《とんざ》したのも無理ない話である。

——やはり、春海は何をやっても中途半端だ。趣味さえろくに形にできなかったのだから。

「世界が滅亡に瀕《ひん》した時、聖剣盾士《セイクレッド・ハート》エクスペリアという英雄が姿を現し、魔を討ち払う——かつて予言者がそう告げたと語り継がれています」

肩を落とす春海をよそに、店長が滔々《とうとう》と語り始める。

「現在、世界は危機に直面しています。魔王ザモーシスが、侵略を始めたのです」

魔王ザモーシス。その名は覚えている。

「魔族の国を統べる存在だったか」

十五の国の中には、人類以外の国も存在すると設定していた。その国の支配者にしてエクスペリアの最強の敵なのが、確かザモーシスだったはずだ。

「はい。ザモーシス率いるアイザーン皇国が、世界中の国に宣戦を布告し侵略を始めたのです」

魔王なのに皇国である。中学時代の自分はこの設定ミスに気づかなかったのだろうか。せめて魔皇か何かにすればよかったのに。

「既に六つの国が滅ぼされました。魔族に降伏し、その手先となった国も二つあります」

店長が、哀しそうに目を伏せる。

「世界は恐怖におののき、人心は乱れております。邪教が流行し、自暴自棄になって賊に身を落とす者も数知れず。力を合わせてザモーシスに立ち向かわねばならないのに、残った国同士が僅《わず》かな領土を巡って戦争を始めることさえある始末です」

えらいことになっている。ちょっと失礼、と帰ることは許されなそうだ。実に困ったものである。

「しかし、もう心配は要りません。聖剣盾士《セイクレッド・ハート》が現れた今、世界は救われるでしょう」

店長が、そんなことを言ってきた。

春海は考える。こういう場合、基本的には世界を救うと役目が終わったということで元いたところに帰れるものだ。しかし、必ずしもそうとは限らない。色々な展開が有り得る。

「聖剣盾士《セイクレッド・ハート》は世界を救った後、どうなるのだ」

春海は呟《つぶや》く。そもそも世界を救う自信からしてないが、救うにしても「最終決戦で魔王と刺し違え、永《とこし》えにその活躍が語り継がれる」――みたいなパターンは勘弁である。

「永えに、この世界の守護者となるのです」

「な、なんだと」

愕然《がくぜん》とする。そっち方向か。「いつまでも幸せに暮らしましたとさ」タイプの話である。

中学時代の自分のストーリー構成力を恨まずにはいられない。もっとこう、解釈に幅のある展開は作れなかったのか。そうしたら、元の世界に帰れたかもしれないのに。

「婿を取ればよろしいではありませんか。幸いにも、集まった勇士たちはエクスペリア様の婿に相応《ふさわ》しい者ばかりです」

店長が、そんなことを言う。

「いや、それは」

戸惑わずにはいられない。春海は子持ちの既婚者である。いくら異世界に来たからといって、現地夫を作ってしまうのは色々まずかろう。

「とにかく、お会いなさいませ。会わねば分からぬこともあります」

店長は、愉快げに尻尾を振りながら笑った。


勇士と会う場所としてセッティングされたのは、王城・カークリッヒ城の一室だった。この城にも様々な謂《い》われがあるが、もうその辺は割愛する。とりあえず、部屋はいかにもヨーロッパのお城のようなごてごてとした装飾が沢山あったり絵が描いてあったりする感じのもので、春海は立派な椅子に腰掛けていた。

「これより、従者となるべく集まった者を呼び入れます」

店長が言った。

「いずれ劣らぬ優れた者たちです。しかし、もしお気に召さなければ新しい者と入れ替えますゆえ」

青年が、それに補足する。

「うむ」

余裕ありげに返事しつつ、実のところ春海は結構緊張していた。三人の勇士にも——覚えがある。

「コーリィ・テイルアード。入れ」

店長が部屋の外に呼びかける。少しの間をおいて、鎧《よろい》を纏った一人の若者が部屋に入ってきて、春海の前で跪《ひざまず》いた。

春海は再び電撃に打たれる。この前のものよりも、アンペアとかボルトとかが遥《はる》かに強力なものだ。

「コーリィ・テイルアードです」

精悍《せいかん》かつ整った顔立ち、真っ赤な髪と黄金の瞳《ひとみ》、すらりとした一方で筋肉質にも感じられる八頭身の体つき。情熱に溢《あふ》れ溌剌《はつらつ》とした声。

このコーリィこそ、中学生時代の春海が夢や妄想や理想やその他色々なものを織り込んで作った、春海だけのヒーローなのである！

「この者は、魔族の地にも近いスリプノ島の出身でしてな。生まれてすぐに孤児となり、傭兵《ようへい》に拾われました。その傭兵に剣の才能を見出《みいだ》されて手ほどきを受け、子供の頃から魔族との戦いで活躍。『閃光《せんこう》のコーリィが来た』と言えば、魔族共は震え上がって逃げ出すといいます」

設定も込みで色々と都合のいい（普通そんな人生を送ったら心も体も傷だらけだろう）

感じだが、理想とはそういうものだ。

「エクスペリア様が現れたと聞き、矢も楯《たて》もたまらずまかり越しました」

コーリィが、勢い込んで言ってくる。

「命を賭《と》して、貴女《あなた》のことをお守り申し上げます！」

「う、うむ」

声がかすれてしまった。自分だけのヒーローに貴女を守るとか言われてしまった。どうしよう、異世界って超素晴らしいかもしれない。

「次は、アキル・エノール」

店長の言葉に、再び春海はびくりとした。この名前にも覚えがある。

「失礼します」

入ってきたのは、眼鏡を掛けた理知的な雰囲気の少年だった。淡い水色の髪に、くすんだ灰色の瞳。

「アキル・エノールと申します」

少年は、コーリィの隣で膝《ひざ》をつき、名を名乗る。

「我がメタリアール王国の王立大学を、史上最年少にして史上最高の成績で卒業した英才です」

青年が説明を加えた。

「特に魔法に秀でており、その魔力と魔法への深い学識は齢《よわい》を重ねた大魔法使いたちでも太刀打ちできません」

――こちらは夢や妄想と言うより、現実の気持ちを反映している。中学時代、同じクラスになったことがある榎本晃彦《えのもとあきひこ》くんがモデルだ。榎本くんというのは、なんというか、まあ要するに、淡い恋心的なものを抱いていた相手なのである！

勉強ができる榎本くんは、いつも周りから少し浮いていた。周りになんとなく馴染《なじ》めなかった、というかみんなバカだとか思っていた思春期の春海には、彼の姿は孤立ではなく孤高という風に映った。席替えがあれば隣になるように祈り、思いの丈を手紙に綴《つづ》ったことさえあった。

しかし手紙は渡せず、何か急接近するような出来事が起こるということもなく、別々の高校に進学した。彼とはそれっきり会っていない。

淡い恋とはそういうものだ。しかし、ここへ来て掟破《おきてやぶ》りの展開である。その時の想いを形にしたような誰かが、今になって現れたのだ。

いや、形にしたどころではない。なんだかんだで「勉強ができるメガネくん」という感じのルックスだった榎本くんだが、このアキルは違う。榎本くんの風貌《ふうぼう》は残っているが、そこに最上級の美化が施されている。あれから二十年以上の時を経ていい大人になったはずの春海をして、はっと息を呑《の》ませるほどの美少年なのだ。

「僕は、僕の力を遺憾なく発揮できる舞台を求めています。それを用意してくれる限り、貴女に従うつもりです」

アキルは、不遜《ふそん》な態度でそういい放った。店長が咳払《せきばら》いし、コーリィは睨《にら》みつける。まあ、そういう設定だから仕方ない。榎本くんの「孤高キャラ」を、そのまま反映しているのだ。

「よろしく頼む」

とりあえず、笑顔で会釈してみる。

「は、はい」

すると、アキルは頬を少し赤らめて俯《うつむ》いた。むむと内心狼狽《うろた》える。なんだこの可愛い反応は。コーリィの時とはまた違う形のビリビリが、体を走る。

「さて、最後は——譚《たん》殿ですな」

店長が、居住まいを正して言った。マジか、と内心で呻《うめ》く。あの人まで、来てしまうのか。

「お入り下され」

最後の一人は、中性的でもある美貌と黒く長い髪の持ち主だった。身に纏《まと》っているのは、たっぷりした袖《そで》と裾《すそ》を持つ中華風の服である。

「姓を譚、諱《いみな》を元景《げんけい》、字《あざな》は承明《しょうめい》と申します」

――コーリィが理想、アキルが気持ちを反映しているなら、譚元景は今風に言うなら「推し」だ。中華風世界が舞台のファンタジー漫画で登場した、とあるキャラクターがモデルである。というか、ほぼそのままだ。主人公とくっつくヒーローは別にいたのだが、それがどうしても納得いかなかった春海は、彼を幸せにするべく登場人物のモデルとしたのである！（ただしあまりにそのままだと二次創作になってしまうので、あちこち変えている）

「譚殿は、ここより遥か南に位置する祐湖《ゆうこ》国の皇帝陛下であらせられます。エクスペリア様の従者となるべく、国を弟君に任せてはるばる来られたのです」

店長が、他の二人よりも丁寧な言葉遣いで譚元景を紹介する。相手が一国の主《あるじ》であるので、配慮しているのだろう。

「微力ながら、エクスペリア様にお仕えします。何でも命じて下さい」

元景はというと、偉ぶる様子もない。これは上っ面のパフォーマンスではなく、心からの言葉である。なぜそう言い切れるのか？　春海がそう設定したからだ。

「いかがですか？」

店長が訊《たず》ねてくる。

「ああ、よかろう」

春海に、異論があるはずもなかった。

そんな感じで仲間も集まり、春海は世界を救う旅に出ることとなった。

滑り出しはというと、とても順調とは言えなかった。

「何だと、てめえ！」

「もう一遍言ってみやがれ！」

春海の理想キャラ・コーリィが、赤い髪を逆立てるようにして激怒する。一本気の彼らしい、直球の感情表現だ。

場所は、辺り一面の草原の中を行く道。メタリアール王国の領土から出てすぐの場所であり、要するに旅立ったばかりでいきなり怒り狂っているのだ。

「いやだよ。同じことを二度も三度も言われないと理解できないの？　そんなバカのために僕の貴重な時間を割きたくない」

春海の初恋キャラ・アキルが、灰色の瞳に露骨な侮蔑《ぶべつ》を浮かべて言った。孤高の天才少年なので、誰が相手でも不遜な態度を取るわけだ。

「まあまあ、待たないか」

春海の推しキャラ・譚元景が、二人の間に入ってなだめた。モデルとなったキャラクターは割とナルシストだったりするのだが、他の二人との組み合わせ上こうして仲裁役を務めることも多いわけだ。

「待てねえよ。おいアキル、何が貴重な時間だ。子供のくせに生意気だな」

「子供だからだよ。今から何も考えずに日々を無駄に過ごしたら、どこかの誰かみたいなバカな大人になっちゃうじゃん」

「なに！　それは俺のことか！」

「だからいちいち聞き返さないでよ。いちいち『あんたはバカです』って教えてもらえないと自分がバカだって理解できないの？　まあだからバカなんだろうけど」

「てめえ！　バカにしやがったな⁉」

「まあまあ。コーリィ、その語尾が上がるような言い回しだと、またアキルに『いちいち確認を取らなくても、コーリィがバカなことは揺るぎないから大丈夫だよ』などと言われてしまうぞ」

やいのやいのと他愛のないやり取りが繰り広げられるのを横目に、春海は一人深い感動に打たれていた。――これだ、こんなやり取りを自分は想像していたのだ。好みの男性たちが繰り広げるじゃれ合いのような喧嘩《けんか》。実に素晴らしい。

「おい元景！　遠回しにお前もバカにしてるだろ！」

コーリィが言う。それまでと同じ勢いの言葉だが、受ける方の態度は違っていた。

「――わたしを名で呼ぶな」

表情から一切の笑みが消え、代わりに全身から殺気が放たれる。

これも設定だ。何かで、昔の中国の人物は普通の名前（諱という）と別の名前を持ち（字という）、諱で気軽に呼ぶのは失礼に値するという話を見て、取り入れたのだ。当時の春海は割と本気で「得た知識を元に新たな側面を付け加えることができた」と自信を持っていたが、今となっては単なる面倒ごとの元である。

「決着を付けるか」

元景が、剣を抜く。若干細身のものだ。これはアレンジなし、原作通りの武器である。

「上等だ」

コーリィも、自分の剣を担いだ。馬をも一撃で斬り殺せそうな、とても巨大な剣である。とある漫画で出てきて印象深かったものを、ほぼそのまま取り入れたものだ。

「やれやれ。巻き込まれるくらいなら、先手を打とうかな」

アキルが持っているのは、木の杖《つえ》である。彼の身長よりも長く、先端部分は鉤状《かぎじょう》になっていて（当時の春海は『フック船長の手みたいな』と書いたはずだ）、鉤の中のスペースには青く大きな宝石が埋め込まれている。

「誰が一番エクスペリア様の従者としてふさわしいか、はっきりさせてやろう」

元景が言い放つ。その表現、とてもポイントが高い。きゅんとしてしまう。

「はっ。後悔するぜ」

コーリィが、担いでいた剣を振り下ろすようにして構える。轟《ごう》、と空気を切り裂く音がする。力強く、迫力満点。まさしく鳥肌ものだ。

「どうなっても知らないよ?」

アキルがそう言うと、杖の先端の宝石が光を放った。同時に、アキルの周囲に複雑な文字で構成された魔法陣がいくつも浮かび上がる。アニメ等ではよくある演出なのだろうが、現実の世界で実現されているのを見るとこれまた言葉にできないほどに格好いい。

というわけでテンションマックス、胸はドキドキ心はトキメキな春海であるが、

「やめぬか」

表面上はあくまでエクスペリアとして冷静に振る舞った。

「なんと愚かしい。何もしないうちから仲間割れとは。このような従者など必要ない」

かなり厳しい言葉をぶつける。すると、三人とも我に返った。

「貴女《あなた》がそういうのなら、仕方ねえな」

そう言って、コーリィが構えを解いた。

「ふん」

アキルが鼻を鳴らし、魔法陣が消失する。

「颯爽《さっそう》としたその麗しい姿には、逆らいようもない」

元景も、剣を引いた。

「世辞はやめろ。そのような賞賛には値せぬ」

春海は、ふっと目を逸《そ》らす。これは謙遜《けんそん》などではなく、事実だ。何しろ春海の装備は大根の剣とフライパンの盾である。

これは好きこのんで装備しているわけではない。颯爽もへちまもありはしない。最初に会った店長たちが大根とフライパンを剣と盾と誤認し、それがエクスペリアのものだという風に国中に触れ回ってしまったものだから、持ち歩かざるを得なくなったのだ。

何とも悩ましい。大根は割と日持ちする野菜だが、いずれは傷んでしまう。その時変色した大根を見て、人々は「これはエクスペリアが魔族に魂を売った証拠だ」などと言い出したりしないだろうか――

「皆様方。しばらく、お待ちくだされ」

春海が考え込んでいると、えらく時代がかった言い回しで呼び止められた。この声は――店長だ。

「お待ちくだされえ」

振り返ると、店長が後からついてくる。森のくまさんのごとくとことこと走っている。

「はあ、はあ。良かった。間に合いましたな」

追いついてくると、店長は身をかがめた。背中を丸め、両膝《りょうひざ》の上に手を置く、人間が息を切らした時にやるのと同じ姿勢だ。猫がやっていると、何とも可愛らしいものがある。

「何事だ。というか、水でも飲むか？　水筒があるぞ」

春海が訊ねると、店長は首を横に振った。

「いえいえ、結構です。実は、忘れていたことがございまして」

ようやく息が整ったか、店長がつぶらな瞳《ひとみ》で春海を見てくる。

「エクスペリア様のお持ち物に、猫の手を貸す――のではなしに、えー、我等が神の祝福をお授けしておりませんでした」

「はあ」

目を白黒させる。祝福とはなんだろう。そういう設定は、考えていなかったような気がするのだが。

「それでは、失礼仕《つかまつ》ります」

店長は春海に歩み寄ると、春海が持つ大根に右前足の肉球を押しつけた。

「わっ」

春海は驚く。大根が、突如として眩《まばゆ》い白光を放ち始めたのだ。

やがて、光が消える。そして姿を現したものを見て、春海はさらにぶったまげた。

「な、なんなのこれ」

なんだと言えば、剣である。元景のものよりも刀身は太く、とても重そうだがなぜか軽い。全体的に無骨なデザインだが、握り手の部分に可愛い猫の肉球があしらわれていた。

「全てを切り裂く力をお授けしました。これを振るって、道を切り拓《ひら》きなされ」

そう言って、店長は次にフライパンに触れた。フライパンは先ほどと対照的に、黒いオーラを放った。ほとんど闇の波動か何かのようで、思わずフライパンを取り落としそうになる。

オーラが消えると、フライパンは巨大な盾へと姿を変えていた。盾の表面には、様々な模様や髑髏《どくろ》が彫り込まれている。一方で、反対側――要するに内側の部分には剣と同じく肉球が押されている。なんというか、裏表が激しい。

「あらゆる攻撃を受け止める力をお授けしました。これをかざして、大切なものをお守りくだされ」

店長は、居住まいを正した。

「我等の神、名前はええと――まあとにかく、我等の神の教えに、『全ては自分の思い次第』というものがあります。進むも戻るも、行くも帰るも全てが」

つぶらな瞳が、春海を真っ直ぐ見つめてくる。

「もし『戻りたく』なったら、剣と盾の肉球を消してくだされ。そうすれば、夢から覚めることでしょう」

そして始まった春海の冒険は、何というかドキドキだった。

——例えば、こんなことがあった。タイランティの迷宮という洞窟《どうくつ》で、古《いにしえ》の賢者が隠したという退魔の秘宝を探していた時のことだ。

「せやあああっ!」

コーリィが、眼前の魔族たちに巨大な剣を振るった。大蛇、怪鳥、人面花、牛人《ミノタウロス》、凶鬼《オーガ》——千差万別の外見を持つ魔族たちを、次々に斬り伏せていく。

——タイランティの迷宮は、魔族で溢《あふ》れていた。退魔の秘宝を隠している場所が魔族で一杯になってたら奪われるだろという感じなのだが、中学時代の春海はRPG的な感覚で安直に決めてしまったのだ。

「はあああっ!」

春海もまた、魔族の群れの中に斬り込んだ。剣を振るい、当たるを幸い薙《な》ぎ払っていく。まさかの大活躍である。まるで伝説の英雄のようだ。

現実世界では運動も運動神経も不足していた春海だが、この世界ではまったくの正反対だった。常人離れした身体能力と卓越した剣技とが労せずして備わっていて、このように向かうところ敵なしなのだ。

「さすがは、エクスペリア様」

「その強さは認めざるを得ないね」

元景やアキルが、それぞれ感心したように褒めてきた。

「大したことはない」

内心照れつつ、春海はエクスペリア的な態度を装う。

「――ん？」

その時。ズゴゴと重い音が響いた。何事かと思ったところで、

「危ないっ」

いきなり、コーリィが剣を投げ捨て飛びついてきた。春海も、剣と盾を取り落とす。

「なっ――」

驚く暇もなかった。次の瞬間、足元に大きな穴が開いたのだ。

罠《わな》だ――そう気づいた頃には時既に遅く、二人は穴の中に落ちていった。


こういう罠は、尖《とが》った槍《やり》が一杯底にあって人骨とかが刺さっているものだが、今回はそこまでえげつない仕掛けは用意されていなかった。

辺りは暗く、どうなっているかもよく分からない。そもそも洞窟自体が真っ暗で、これまではずっとアキルの魔法で明るくしてもらっていた。彼から離れてしまうと、何も見えないのだ。

「大丈夫か、エクスペリア様」

コーリィが、声を掛けてきた。タメロと様付けが入り混じる辺り、相当狼狽《うろた》えている。

「ああ、何とかな」

春海が答えると、

「そうか、良かった」

コーリィは心から安堵《あんど》したような声を出した。春海が――エクスペリアのことが、心配だったようだ。そんなに気遣われていると思うと、ちょっとドキドキしてしまう。って、いやいや。そうではなくて。

「――うっ」

慌てて立ち上がろうとしたところで、春海は呻《うめ》いた。足首に痛みが走ったのだ。

「どうした！」

コーリィが、上ずった声を出す。

「いや、足を少し捻《ひね》っただけだ。そう心配することはない」

「今行くから、待ってろよ！」

程なくコーリィが現れた。暗くてはっきりとは見えないが、血相を変えているようだ。

「立てるか？」

基本的に大ざっぱな彼が、随分と気遣ってくれる。そのことが、非常に気まずい――いや、違う。気まずいのではない。照れくさい――いや、そうでもない。これは、この胸の高鳴りは多分きっと――

「立てる！　立てるさ！」

その感情の正体から逃れるべく、春海はもう一度立とうとした。

「立てる――ぐっ」

そして呻く。やはり辛《つら》い。少し体重を掛けただけで、相当な痛みが走るのだ。

「やっぱりきつそうだな。なら、仕方ねえ」

春海の前で、コーリィがしゃがんだ。

「おぶされ。俺が安全なところまで連れて行くよ」

「いや、しかし」

動揺してしまう。男の人におんぶされるなんて、いつ以来だろう。考えてみたら、夫にもされたことがないかもしれない。

「怪我させてしまって、すまねえ。守るって言ったのに。せめてもの、詫《わ》びだよ」

コーリィが謝ってくる。

「――わ、わかった」

ここまで言われては、致し方ない。観念して、春海はコーリィの背中におぶさった。

「じゃあ、行くぞ。剣と盾は、あとで取りに来よう」

コーリィは、軽々と春海を背負って歩き出す。

「気に入らねえけど、アキルの野郎に頼るしかないな。あいつの治癒魔法ならすぐ治せるはずだ。気に入らねえけど」

よほど気に入らないのか二回も同じ言葉を繰り返しながら、コーリィが歩く。春海はというと、もうそれどころではなかった。

コーリィの背中の逞《たくま》しさ、頼りがいのあるその感触に胸が高鳴ってしまう。──いや、ダメだダメだ。エクスペリアは、町娘の如く恋愛にうつつを抜かしたりしない。志を貫く、気高き女なのだ。

「あのさ」

ふと、コーリィが改まった口調で話しかけてきた。

「なんだ」

エクスペリアらしさを失わぬよう、必死で取り繕いながら返す。

「──いや、何でもない」

結局、彼が何を言おうとしたのかは聞けなかった。

──他にも、こんなことがあった。魔物たちが拠点とするパラルパーディィ山に、奇襲を掛けた時のことだ。

「紅蓮《ぐれん》の裁きは不善を暴き、業火は妖魔《ようま》を灰に帰す！　我呼ばわるは炎神ベイリー、汝《なんじ》の憤怒《ふんぬ》を我が牙《きば》に！　『業炎聖域《ブレイズ・サンクチュアリ》』！」

呪文《じゅもん》の詠唱と共に、アキルが杖《つえ》を振る。石が輝き、続いて燃え盛る巨大な炎が吐き出された。炎は魔物たちを飲み込み、陣地を炎上させる。

「天《あま》を翔《かけ》るは眩《まばゆ》き息吹、我が名をかけて煌《かがや》き響け！　その名はリアリ、紫電の雷公！　衆《しゅ》生《じょう》は汝を空に見る！　『輝ける雷鋼《サンダースティール》』！」

続いて空がにわかに黒くかき曇り、凄《すさ》まじい爆音と共に雷が落ちる。落ちた地点はクレーターのようにえぐり取られ、そこにひしめいていた魔族たちは残らず消し飛んでいた。

まさにぺんぺん草も残らないというやつである。

「出番がねえな」

それを眺めながら、コーリィが呆《あき》れたように言った。確かにその通りである。アキルの魔法の破壊力は、圧倒的だった。

「しかし、彼一人で敵を全て倒すことはできない。我等も存分に働かないと、勝利は覚束《おぼつか》ないぞ」

元景が、そう指摘した。これまたその通りである。本当にアキル一人で敵を全て倒せるなら、異世界から英雄を召喚する必要などない。

「だな。じゃあ行くとするか」

コーリィが魔族の中に突っ込んでいき、元景もそれに続いた。

「ふん。何を言ってんだか」

一人残ったアキルは、不満げだった。

「僕一人でも十分だよ」

そんなアキルの背後に、何かが忍び寄る。しかし、アキル自身は気づいていない。

「さっさと魔王の城に乗り込んで、ザモーシスを倒せばかたがつくのに――」

はっ、とアキルは息を呑《の》んだ。ようやく、背後に何者かがいることに気づいたのだ。

それは、鈍色の巨大なカマキリだった。鋼の蟷螂《メタルマンティス》。魔族である。鋼鉄だけあって、前足の鎌はよく研がれた剣と変わらぬ切れ味を誇る。すなわち、アキルの首を一撃で刈ることなど容易《たやす》いというわけだ。

「硬きこと岩の如く、全《まった》きこと壁《へき》の如く――」

慌ててアキルは詠唱を始めるが、間に合わない。

鋼の蟷螂《メタルマンティス》の鎌が、アキルに振り下ろされる。しかし、血しぶきが舞うことはなかった。

「危ないところだったな」

春海の盾が、鎌を受け止めたのだ。

「はっ！」

鎌を撥《は》ね上げ、鋼の蟷螂《メタルマンティス》がよろめいたところを剣で突き刺す。鋼の蟷螂《メタルマンティス》は、その一撃だけで倒れ伏し動かなくなった。

「この世界の魔法は、言葉を組み合わせその意味と響きを鍵《かぎ》として発動する。つまり、唱え終わらないと一切効果がない。それが最大の弱点だ。しっかり弁《わきま》えて行動しないと」

振り返り、春海はアキルに注意する。

「詳しいんだね」

アキルが、ふてくされたように言ってそっぽを向いた。

「まあな」

実際のところ詳しいのは当たり前である。何しろそう設定したのは春海なのだ。

「いいか、アキル」

春海は剣と盾を傍らに置き、アキルの両頰を手で挟んだ。そして、ぐいっと自分の方に向かせる。

「な、なにをするんだ」

アキルはじたばたするが、逃がさずその目を見つめる。

「無理をするでない」

「分かった、分かったから」

「わたしは、アキルを大切な仲間だと思っている」

アキルが、ハッと目を見開いた。同時に、手の平に熱が伝わってくる。赤くなっているのだろう。

目が合う。アキルの瞳《ひとみ》は、春海の瞳を見返してくる。その熱と真っ直ぐさに、春海は思わず怯《ひる》む。

「――他の二人と同じようにな」

咄嗟《とっさ》に、春海はそう付け加えた。アキルは下を向く。心なしか、がっかりしているように見えるが――いや、そうとは限らない。

「さあ、まだ戦いは続いている。行くぞ」

堂々巡りの思考を断つべく、春海はアキルの頬から手を離した。

――後、こんなこともあった。

「高い、高すぎる。なぜこの量の聖水がこれ程の値段になるのだ」

春海は、旅の途中で立ち寄った村の雑貨店で、店主相手に価格交渉を行っていた。

「最近のこの辺りは、墓に埋めた死体が甦《よみがえ》って魔族の手先になるという事件が多くてですね。そういう死体には神のご加護を受けた聖水が有効なので、すぐに売り切れてしまうんです」

にこにこと笑いながら、店主が言う。

「嘘をつけ。周囲の集落でこれ程の高値で売っている店はなかったぞ」

店主の目が泳いだ。言い訳しようと口を開く、そこに更に畳みかける。

「大方、我々のように武器を持って旅をしているような連中は金に大ざっぱだと思ったのだろうが、そうはいかぬぞ。普段の値段で出せ」

店主がしょんぼりと項垂《うなだ》れる。勝負はここに決したのだった。


「鮮やかな手並みだったたな」

店を出ると、元景が褒めそやしてきた。

「しかし、意外だな。聖剣盾士《セイクレッド・ハート》ともあろう者が、雑貨店の店主相手に聖水を値切るとは」

くすくすと、元景はおかしそうに笑う。

「旅に必要な程度の金子なら、わたしの国がいくらでも用意するというのに」

「それがいかんのだ」

元景に対して、春海は目をすがめて見せる。

「金銭というのは、使うためにある。使うことそれ自体を遠慮する必要はない。しかし、何も考えずに使い続けていいわけでもない。それは金を使ったとは言わぬ。浪費したというのだ。国の金というなら尚更《なおさら》だ。自分の小遣いではないのだぞ」

「うむ、うむ」

元景は、感心したように何度も頷《うなず》いた。

「貴女《あなた》こそ、国を背負って立つべき人物だな」

「はは、無茶を言う。所詮《しょせん》、わたしは一介の剣士風情でしかない。国を背負う生まれでも何でもないのだぞ」

笑い飛ばした春海だったが、元景はにこりともしなかった。

「無茶ではない」

ひどく真剣な目で、春海を見つめてくる。どきり、とせずにはいられない。

「たとえば、皇后として輿入《こしい》れする、というのはどうだ」

低く、囁《ささや》くような声。その言葉に秘められた真意は、どこにあるのか。

「わたしの務めは、世界を背負うこと。輿入れなどしている場合ではない」

それを掘り進める勇気がなくて、春海はエクスペリア的な対応でしらばっくれた。

「大体だ、このように剣を振るい盾を構えることしか知らぬ女を后《きさき》に迎える国主など、どこにもいるはずがないではないか」

「ふむ」

元景は、不満げに呻《うめ》く。

「まあ、いずれは――」

そして、何ごとかを呟《つぶや》くように言った。

「何を一人でぶつぶつ言っている。さあ、行くぞ。コーリィとアキルが宿で待っている」

それに対して、春海は殊更ぶっきらぼうに言ったのだった。


そんなこんなで色々な冒険を繰り広げつつ、春海たちは魔族の国に乗り込んだ。群れなす敵を蹴《け》散《ち》らし、魔王の城に攻め込み、魔王ザモーシスとの決戦と相成った。

「小賢《こざか》しい」

それは、今までとは全く次元の違う、死闘だった。

「絶望というものを、教えてやろう」

魔王ザモーシス。天を衝《つ》くほどの巨体を鎧《よろい》で包み、髑髏《どくろ》をモチーフにした兜《かぶと》を被《かぶ》っている。手にしているのは、殺してきた者の血でどす黒く染まった巨大な斧《おの》。最後の強敵《ラスボス》と呼ぶにふさわしい威圧感が、全身から溢《あふ》れている。

ただしその顔だけは、なぜか威厳の欠片《かけら》もないおじさんのものだった。少し後退した生え際、眼鏡、剃《そ》り跡の残る顎《あご》周り。

春海はこの顔を知っている。中学校時代の数学教師・佐本《さもと》だ。春海が数学が苦手なのを知っていて、毎回難しい問題を当てては「ちゃんと基本に沿って計算したらね、解けるんだよ」などとネチネチいびってきたのだ。

そう、春海は嫌いだった先生を魔王にしたのである！

「恐怖に震えながら、死ぬがよい」

ザモーシスが、淡々と言う。魔王然とした装いと、数学教師然とした面構えが絶妙に奇妙なコントラストを描いている。あの頃四十代だったはずだから、もう佐本先生は定年だろう。よもや、定年後にこんな異世界で自分みたいな顔をした魔王が世界征服に乗り出しているとは夢にも思うまい。

「天より降り注ぐは絶対の闇《ザイクロヌス・イオヌス》」

空がにわかに翳《かげ》り、光の一切存在しない闇に包まれた。そして、その暗黒そのものが塊となって大地へと襲いかかってくる。隕石《いんせき》の如く、あるいは——この世界には存在しないが——爆弾の如く。

「くうっ」

巨大な闇の塊を、盾で受け止める。凄まじい衝撃。間違いなく、これまでで一番のものだ。払いのけることも、受け流すこともできない。支えることさえかなわず、遂《つい》には——呑み込まれた。

「——はっ」

我に返ると、春海は大の字で空を見上げていた。意識を、失っていたようだ。

呻きながら、体を起こそうとする。しかし、それさえも叶《かな》わなかった。全身がひどく重く、力が入らない。傍らに転がっていた剣を杖のようにして、ようやく立ち上がる。

周囲に、動く者は誰もいなかった。コーリィも、アキルも元景も倒れ伏している。先ほどの攻撃を、凌《しの》ぎきれなかったのだろう。

「もう終わりか。つまらないものだ」

そう呟くと、ザモーシスは斧を地面に突き立て腕組みをした。隙だらけの姿だ。しかし、挑みかかることもできない。

「──さて。そこの女が最後か」

ザモーシスが、春海を見やってくる。

「知っているぞ。人間どもに、救世主の如く崇《あが》められている女だな」

地響きを立てながら、ザモーシスが歩み寄ってくる。

「跪《ひざまず》いて、命乞《いのちご》いをしろ。そして我に忠誠を誓え。『自分は卑しい女だ、いつかなる時も魔王ザモーシスに服従する』とな」

「く、そ──」

脳裏に甦るのは、店長の言葉だ。「もし、戻りたくなったら。剣と盾の肉球を消せば良い。そうすれば、夢から覚めることだろう」──彼はそう言っていた。

盾の内側を見る。そこには、猫の肉球があった。剣の持ち手にも、同じ模様がある。これを消せば、解放される。逃げ出すことができる——

「やめ、な」

そんな声が、した。

「俺の——俺たちのエクスペリア様には、指一本触れさせせねえ」

コーリィである。ぼろぼろになりながらも、コーリィは大きな剣を担ぎ、春海の前に立ちザモーシスと向き合った。

「ああ。この命に代えても、必ず守る」

アキルがその横に立つ。彼もまた、深く傷ついている。体力や打たれ強さからすれば、コーリィよりも遥《はる》かに辛《つら》い状況にあるはずだ。それでも、アキルは立つ。コーリィと肩を並べて、ザモーシスに立ち向かう。

「わたし抜きで、話を進めないでもらおうか」

もう一人、現れた。元景だ。美しい髪も顔も、流した血で汚れている。しかし、その瞳に宿る強く烈しい光は僅《わず》かにも衰えていない。いかなる状況でも最後まで戦い抜く——そんな気魄《きはく》に溢れている。

——胸が、締め付けられる。彼らは、春海のことを守ろうとしてくれている。正確に言えば、世界の救世主エクスペリアを守ろうとしているのだが、もうほとんど変わりなかった。エクスペリアとして冒険し、エクスペリアとして生きてきたのだ。彼らがエクスペリアに向けてくる言葉は、自分に向けてのものであるかのように思えていた。

「よし」

盾を拾い上げ、高らかに告げる。

「戦うぞ、みんな」

三人が、おうと声を返してきた。その三人に、春海は並んで立つ。エクスペリアは、男の陰に隠れてめそめそしている情けない女ではない。逃げたりせずに己の務めを果たす、堂々たる女なのだ。

「どいつもこいつも。死んだふりをしていれば、見逃してやったものを」

ザモーシスが、再び斧を握った。

「それ程までに死にたいなら、我が斧の錆《さび》としてくれる。冥界《めいかい》とこの世とを分かつロパ＝クラの谷、心して越えるが良い」

その体から放たれるのは、息ができなくなるほどの威圧感。

「大見得を切ってはみたものの、どうしたものか」

元景が、無念そうに言う。

「実際のところ、手詰まりではあるんだよね」

アキルも、それに同意した。

「何とか、逆転する必殺技みたいなのはねえのかよ」

コーリィが唸《うな》る。いかにも彼らしい安直な発想だ。

「――そう、だ」

だが、その安直さこそチャンスへの鍵《かぎ》だった。

「おい、なにやってるんだ」

コーリィが、狼狽《うろた》える。それもそのはず、春海がただ一人前へと進み出たからだ。

「どうしちゃったの？」

「下がるんだ、エクスペリア」

アキルと元景も、口々に止めようとする。

「わたしに任せろ」

しかし、春海は立ち止まらない。ただ一人、ザモーシスと対峙《たいじ》する。

「捨て身の突撃か。弱いだけではなく愚かとは。ますます救いようのない」

ザモーシスが、無感動に言った。

「捨て身かどうか、その身で知ればよい」

しかし、今や春海は怯《ひる》まなかった。思い出したのだ。このピンチを切り抜けるための、最後の切り札――必殺技が存在することを。

――数学の授業中、春海は、エクスペリアにどんな必殺技を持たせようかあれこれ考えていた。佐本を一撃で吹っ飛ばせるような、そんな強力な技はないものかと思いを巡らせていた。

「これは一年で習ったことだから、覚えてると思うけど」

佐本は生徒の一人が自分を吹っ飛ばすことを夢見ているとはつゆ知らず、いつも通りに授業を進める。

「マイナスとマイナスは、かけるとプラスになるね」

その瞬間、春海は閃《ひらめ》いた。負の力を掛け合わせるとプラスになるって、何だかとても格好良くないか。

そういえば、と漢文の授業で習った「矛盾」という言葉の由来を思い出す。閃きが閃きを呼ぶ。格好いい技が頭の中を駆け巡り、いてもたってもいられなくなり、ノートに思い付きを書き殴る。

その時、佐本が春海を当てることはなかった。ノートに書き込む春海を見て、真面目に勉強していると思ったのかもしれないが、今はそれはさておき。

「食らえ！」

叫ぶと、春海は左手に持った盾を、右手の剣で突く。数学の時間に得た閃きを元にした、必殺技だ。

——最強の矛で、無敵の盾を突くとどうなるか？

『光闇の邂逅《クロスハート・パラドックス》』！」

無双の必殺技が誕生するのである！

盾と剣、そのぶつかったところから凄《すさ》まじいエネルギーが生じる。それは眩《まぶ》しい闇にして、暗黒の光。「本質的に矛盾した存在。だからこそ、現実にはあり得ないほどの破壊力を生み出す」——春海が知恵を絞って考え出したものだ。

「バ、バカな。何だこの強大な力は」

ザモーシスが、初めて狼狽《ろうばい》する姿を見せた。斧を自らの前に掲げるようにしながら、後じさる。

「こんな、ことがっ——」

ザモーシスの姿が、春海の放つ闇と光に飲み込まれていく。闇と光はやがて辺り一面を包み込み、やがて消えた。

春海はその場に膝《ひざ》を突く。凄まじい疲労感に襲われたのだ。まあ、こんな必殺技を繰り出して平然としていられるはずもない。

「すげえ、すげえぞ」

コーリィが、空を見上げて眼を輝かせる。漆黒に塗り潰《つぶ》された空が、徐々にその色を取り戻し始めたのだ。

「——そうか、分かったぞ」

アキルが言う。

「エクスペリアの必殺技は、解決できない矛盾を抱えている。それがザモーシスを飲み込み、消し去った。だからザモーシスが行った破壊や殺戮《さつりく》が、なかったことになったんだ」

「素晴らしい。本当に——素晴らしい」

元景の声が震える。

「おっしゃあ!」

コーリィが、拳《こぶし》を突き上げる。明るく幸せな結末だった。全てが上手《うま》くいく。何もかもが丸く収まった、ハッピーエンド。

「——あれ?」

だというのに。春海の胸には、違和感が引っかかっていた。

何かが、違う。弾《はじ》ける歓声と笑顔の中で、春海の熱が急速に冷めていく。

「どうして?」

小さな呟《つぶや》きに答える者は、いなかった。

戦いの後。春海と仲間たちは、セレモニーやら祝宴やらに引っ張りだこだった。世界を救った英雄と称《たた》えられ、どこへ行っても賞賛の的だった。

しかし、春海の気持ちは晴れなかった。違和感が、明確に存在する。その姿は、曖昧《あいまい》なままなのに。

今までのように喜びたい。だというのに、できない。何か、とても大切なものがなくなってしまったかのよう。話しかけてくる仲間たちにも、上辺を取り繕っていつも通りの返事をするのがやっとである。

「奇跡のようですな」

ある日の朝。今も身の回りの世話をしてくれる店長が、ふとそんなことを言った。

「何度も危機に見舞われながら、その全てを乗り越えて、遂には魔王を打ち破って。本当に、奇跡のようです」

「奇跡、か」

呟きを、口の中で転がす。

ぼんやりしていた違和感の輪郭が、急速にはっきりしていく。奇跡。この言葉は、きっと鍵なのだ。

異世界から呼び出されて。勇敢な仲間たちと出会い。いくつもの危機を乗り越え。最大の敵を打ち破る。どこをとっても、まさしく奇跡だ。春海では、決して起こし得ないような――

「――あっ」

春海は気づいた。気づいて、しまった。違和感の、正体に。

そう。どこまで行っても、本来春海には決してできない体験なのだ。この世界は、この人生は——春海のものではない。エクスペリアという、他の人間のものなのだ。

——春海の人生は、平々凡々の極みである。

たとえば夫と出会ったのは、共通の知人を介してだった。別に、何か劇的なエピソードがあったわけではない。複数の友人グループに所属する人間が、横断的に人を集めてカラオケ大会を開催した。盛り上がり自体は中途半端だったその集まりで、春海は夫の享と出会った。そして何となく波長が合い、付き合うようになり、結婚し、子供をもうけた。

勿論《もちろん》、これだって奇跡だ。手垢《てあか》のついた表現だが、何十億という人間の中で春海も夫も一人しかいない。同じ時代に同じ国で同じくらいの年頃に生まれて、出会って、親しくなる。どこかで何かが違っていれば、決して会うことはなかった。無数の分かれ道の、たった一つの結果だった。

だが、これは他にも存在する奇跡である。言ってみれば、一般的な夫婦というのは大体みなそんな感じだ。魔王を倒して世界を救うということとは、根本的に種類が違う。

「エクスペリア様。実はですね」

考え込む春海に、店長が話しかけてきた。

「お仲間の皆様が、それぞれエクスペリア様にお会いしたいと」

店長の顔に、笑みが浮かぶ。

「何か、特別なお話があるようです」

特別な話。さすがに、その意味は分かる。そして、どう振る舞うべきかも分かる。エクスペリアは、真面目かつ朴念仁である。彼らの想いに気づかず、しかし傷つけもせず、結果的に答えを出さず、今の関係を続けることだろう。

しかし、春海はエクスペリアではない。どこまでいっても、春海だった。もう、春海は自分を誤魔化せなくなっていた。胸には、二人の顔が浮かんで消えなくなっているのだ。

昔と比べると随分老けたが、それだけにこれから同じペースで年を重ね一緒に枯れていけるだろう夫。これから成長し、いつかは春海を飛び越えて巣立っていく息子。

きっと、楽しいことばかりではないだろう。しかし、いやだからこそ、彼らと一緒にいたい。平凡な人生で手にした平凡な奇跡が、今は心の底から恋しい。

春海は、壁に掛けてあった剣と盾を手に取った。

「どうなさったのですか？」

突然の行動に、店長が戸惑いを見せる。それに微笑みかけると、春海は——肉球のマークを消し始めた。

指で擦《こす》ってみると、肉球の印は簡単に消えていく。今までの激しい戦いではまったく薄

れもしなかったのに、
辺りの景色が、急にぼやけ始める。店長が何か言っている様子だが、何も聞こえない。

「さようなら」

春海は別れを告げた。

さようなら、あの頃の夢物語――


――ゆっくりと、目が覚めていく。目に入るのはテレビ、棚にカウンター式のキッチン。見慣れた、そして懐かしい春海の家のダイニング。姿勢からすると、テーブルに突っ伏して寝ていたようだ。

テーブルの上には、大根とフライパンがある。大根は抜き身で転がり、フライパンは「IH対応!」みたいなことが書かれた紙が巻かれたままだ。ちなみに春海の家は都市ガスであり、IH対応の有無はあまり関係がない。

――ああ、本当に懐かしい。ずっと、世界を救うとか魔族や魔王がどうとかそんなことばかり考えていた。都市ガスという言葉に、これほどまでの感慨を覚えることがあるとは。

ズボンのポケットから、スマートフォンを取り出す。ブラウザの履歴を確認すると、昨日オーケーブーマーなる言葉やベビーブーム世代について検索していることが分かった。

つまり、時間は経っていない。春海は昨日息子と言い合いになり、今日けろっとした息子を学校に送り出し、スーパーとホームセンターで買い物をして、そして寝たのだ。

「全部、夢かあ」

呟いて、苦笑する。夢落ち。ひどい幕引きもあったものだ。

「――えっ」

春海は驚いた。テーブルの上にあったのは、大根とフライパンだけではない。あの大人なポッキー――バトンドールがあったのだ。

勿論、買ったはずはない。百貨店でしか手に入らないものだし、何より「あの店」に行くまで春海はこのお菓子の存在さえ知らなかった。――と、いうことは。

立ち上がり、消えているテレビの画面を覗《のぞ》き込んでみる。そこにいたのは、救世主エクスペリアではなく片岡春海だった。ほっとするような、でも少し残念なような感じだ。

テーブルの椅子に戻り、考える。もしかしたらあの店は本当にあって、今も猫店長と青年が他愛ないやり取りをしているのかもしれない。もしかしたらあの世界も本当にあって、終わりのない物語が繰り広げられているのかもしれない。元の世界に戻ったのは春海だけで、救世主エクスペリアという存在はあの世界に残り、新しい冒険の旅に出ているかもしれない――

「ただいま」

がちゃりと扉が開く。丈之が、帰ってきたのだ。

「母さん、俺決めたから」

そして、ダイニングに入ってくるなりそう宣言する。また、何か言い出すようだ。

「ほう」

それに対して、春海はもう戸惑わなかった。自分でも驚くほどに、冷静だった。無感動になったとか、関心を失ったとかいうことではない。ただ、落ち着き払っているのだ。

「世界に行くって話？」

その冷静さのままに、春海はぐいと踏み込む。

「そう、だよ」

丈之が、怯《ひる》んだ様子を見せた。春海の様子が違うことを、感じ取ったらしい。

「俺は、俺の人生を見つけたいんだ。母さんには、分からないかもしれないけど」

「分かるわよ」

今までなら、バカにされたように感じてむっとしていただろう場面だ。しかし、もう春海は動じなかった。

「わたしだって、自分でこの人生を選んだんだから」

そう断言する。嘘ではない。世界を救って、救世主と崇《あが》められ、イケメンに囲まれる。そんな夢のような暮らしをなげうってまで、この暮らしへと戻ってきたのだ。

「何だよ、その意味深な言い方」

丈之が、憎まれ口を返してきた。

「大人だもの。言葉に深い意味があって当然でしょ」

春海の返しに、丈之は目を白黒させるばかりだった。勝負あり、といったところか。

「お菓子あるんだけど、食べる？」

余裕たっぷりに、春海はバトンドールを勧める。

「なにそれ、ポッキー？」

丈之は、露骨に小馬鹿にしたような態度を見せてきた。

「見れば分かるでしょ。大人向けよ」

箱の、V.S.O.Pと書かれた部分を指し示す。すると、丈之は目をぱちくりさせた。意味を知らないのだろう。

「――ん。なんか来たな。ああ、関井《せきい》のやつか。何だよ、いきなり、まったく」

わざとらしい口ぶりで何事か並べ立てながら、丈之はスマートフォンを触り出す。こっそり検索をしているのが丸分かりだ。

「ええ、と」

丈之の顔に、明らかな動揺が浮かぶ。検索して、V.S.O.Pとは一体なんのことか、理解したようだ。

「それ、お酒入ってるの」

丈之は、おろおろし始める。隠れて飲んで気分が悪くなったことでもあるのか、あるいは飲んだことがなくて不安なのか。後者だとしたら、随分と気弱である。

「まあね」

答えると、春海はにこりと笑った。むしろ、こんなに気の小さい丈之が「世界を見たい」と志を立てた、そのことを喜ぶべきなのではないだろうか。

「世界に飛び出そうって人間が、これしきのことで狼狽《うろた》えるんじゃないわよ。――ところで。そもそも、なんでまたそんなこと言いだしたのよ。とりあえず、その話から聞かせなさいな」

春海はテーブルの向かいを指す。丈之は背負っていたリュックを下ろすと、しぶしぶといった様子でテーブルに着いた。

「自分が、小さいって思ったんだ」

丈之が、口を開く。春海と話すことまで渋っているわけでは、ないようだった。

二章　時間よ戻れ！　猫のひげ付きデジタル時計

何十年も前から、バドミントンは男女問わず運動系部活の定番らしい。だというのに、未《いま》だにバ『ト』ミントンと読まれることもあれば、「テニスの羽根つきバージョン」みたいに思われることも少なくない。

実際には、決して簡易版テニスなどということはない。スマッシュの初速の世界記録は時速493km。テニスよりも、卓球よりも速い。

シャトルには空気抵抗の大きい羽根がついているので、相手のコートに落ちるまでには減速する――と説明されることもよくある。しかし、実際にコートに入ってみれば分かるが、そんな生やさしいものではない。

打たれた瞬間には打ち返さなくてはならず、打ち返した瞬間には打たれている。呼吸するように、あるいはそれよりも速くシャトルをやり取りする、凄《すさ》まじくスピーディーな競技なのだ。

風がシャトルに影響しないよう、試合は閉めきった体育館で行う。風は一切吹かず、空気が流れない。動き回るのは羽根と、そして選手だ。

応援の声が響くのは、合間合間である。野球やサッカーのように、わいわいと応援が続くことはない。一度ラリーともなれば、しばしば見る者はその速さに息を詰めてしまうのだ。

響くのは、シューズが体育館の床に嚙《か》みつく音。ラケットが空気を切り裂く音と、ラケットのガットがシャトルのヘッドを打ち抜く澄んだ音だ。

葵木《あおき》秋実《あきみ》の目に、ネットの向こうの敵が見える。歯を食い縛り目を剝《む》いて、戦意を全身から溢《あふ》れさせている。そう――バドミントンは、闘争なのだ。

闘争。闘志を全開にして、争う。秋実にとって、それは心地よい空間だった。相手が傷つかないように、嫌な思いをしないように、ただひたすら思いやり気遣う。相手よりも自分が優れている部分はひたすらに隠し、相手が自分より秀でている部分は殊更に褒め称《たた》える。そんな「人間関係《コミュニケーション》」とは違う、剝き出しのやり取り。

相手の打ったシャトルが舞う。舞う、と感じた時点でこちらの打ち頃である。相手のミスの可能性が高い。

再び、視界の端に相手の顔が入った。悔しさと焦りが等分にブレンドされた表情。よし、間違いなくミスだ。

「いけーっ」

選択肢は二つ。この打ち頃を気持ちよくぶち抜くか――あるいは打つと見せかけて力を抜き、引っかけ《フェイント》を仕掛けるか。

「――っ」

秋実は後者を選び、相手は前者と予測した。羽根《シャトル》は両者の齟齬《そご》を残酷なほどはっきりと示す。

「ナイス！」

羽根が床に転がり、仲間の歓声が上がった。秋実は内心でよしと叫び――

「やったあ」

そこにのんびりした声が割り込んできた。

「さっすが秋実ちゃん」

声がしたのは、あろうことかコートの中。秋実の背後である。要するに、ダブルスのペア相手の言葉なのだ。

対戦相手が困惑したような顔をする。そりゃあそうである。戦場の掟《おきて》とまでは言わないが、勝負の最中に選手がやったあさすがーなどと相方を褒めるなんて普通あり得ない。相手の反応が不快や不満に繋《つな》がらないのは、ひとえに声の主が纏《まと》うのほほんとした空気のおかげだろう。

「この調子でがんばろっ」

声の主――秋実の相棒で後衛を務める西山優里佳《にしやまゆりか》は、おおよそ闘争とは無縁な呑気《のんき》さでそう言った。

「かんぱーい」

ペットボトルを、こつんとぶつける。秋実は炭酸水、優里佳は桃のジュース。試合に勝った帰り道に行う、ささやかな儀式である。

「さすが秋実ちゃんだね。あのフェイントはほんとすごかったよ」

ラケットのケースを肩に掛けた優里佳が、秋実を褒めてくる。これについては、試合に勝っても負けてもいつも同じである。

「優里佳もナイスだったよ。優里佳のサーブは振りが小さいのにやたら飛ぶし速いから、相手が崩れるんだよね」

秋実も、それに賞賛を返す。ただし、秋実は優里佳ほど手放しには褒めない。今回は「サービスエースを複数回決める」という大手柄があったので、それに相応《ふさわ》しい評価をしているわけだ。

「でも、途中からわたしのサーブ完全に警戒されてたよ。『ハッ！　来るな！』って」

優里佳が、大袈裟《おおげさ》なジェスチャーつきで言う。

「そうやって警戒させれば、相手の自由を奪えるのよ。『優里佳のサーブを警戒する』っていう余計な手間を取らせることで、相手は百パーセントの力を発揮できなくなる」

「すごい！　軍師みたい！」

　優里佳が目を輝かせた。まあこれが彼女なのであるが、秋実からすると色々異次元だ。

「わたしは常に、どうやればいいか、何が適切かを考えて組み立ててるだけよ」

　秋実はテクニックを鍛えて挑むタイプである。背は低く、バドミントンの才能もそこまでないのだが、努力と研究でカバーしている。勝ちたい、というモチベーションで日々底上げを図っているのだ。

「すごいねえ。わたし、でっかい以外に取り得がないから羨《うらや》ましいよ」

　対照的に、優里佳は大きな体を生かしたパワーと持って生まれたバドミントンセンスで押しまくる天才型である。そのせいか実に大らかで、勝ち負けよりも「楽しかったか」「納得いったか」という自分専用の基準でもって試合を戦っている。なんともかんとも、全てが正反対だ。

　その割に、秋実と優里佳は部の中でも目立つ感じのコンビだった。何もかも対照的なのだが、なぜか呼吸が合ってそれなりに結果を残しているのだ。

　いつしかついたあだ名が「アキユリ」。オリンピックで活躍したダブルスペアを露骨に模倣しすぎとか、そもそも百合《ゆり》の花が咲くのは普通秋じゃなくて夏だろうとか、様々な観点から恥ずかしいネーミングなのだが、部員たちも顧問もやめてくれない。

「そうやってサボらない。動画撮ってもらったんだし、明日《あした》ちゃんと見直すわよ。昼休みに部室集合ね」

「えー。わたしみんなとババ抜きしたい」

やるに事欠いて昼休みにババ抜きかよと脱力しそうになりつつ、秋実はキッと表情を作った。甘やかしてはならない。

「ダメです。インターハイも近いんだし、遊んでる暇ないよ。何だったら今からわたしの家で見る?」

腕時計で時間を確認する。今回は秋実たちの学校での試合で移動時間などがあまり取れなかったため、余裕はある。

「う、うう。じゃあ明日で」

「よろしい。忘れないように」

「分かった。ちゃんと覚えてられるようにする」

言って、優里佳はパステルカラーの筆箱を取り出した。続いて筆箱からボールペンを取り出し、手の甲に「あしたはどーが」と書く。これぞ優里佳式記憶術である。

今のご時世、スマートフォンのカレンダーアプリでプッシュ通知が来るようにでもすればいいのに、優里佳はそうしない。なぜかというと、できないのだ。

以前、秋実が使い方を徹底的に教えようとしたことがあったが、やはりダメだった。どう考えてもバドミントンのサーブより簡単なはずなのだが、遂《つい》に優里佳はマスターできなかった。なので、今もこうしてアナログ極まりないリマインダを使用しているのだ。

「よし、これで忘れないよ」

優里佳がうむと頷《うなず》いた。

「お風呂《ふろ》で落としちゃわないようにしなよ」

秋実はそれに苦笑で返す。優里佳式記憶術の最大の欠点である。明日以降のことをメモすると、お風呂で失われてしまう可能性が高いのだ。

いつも通りの、リラックスしたやり取り。この時点で秋実は、今後アキユリが見舞われる決定的な事態について、まったく想像さえできないでいた。


——きっかけは、秋実のスランプだった。

「なんでだろう」

思うように、体が動かない。何をすればいいかは分かっている。どうすればいいかも分かっている。だというのに、なぜかやり切ることができない。全力でやっても、七割くらいになってしまう。

インターハイ——最高の舞台が、迫っていた。こんなことでもたもたしている場合ではない。しかし、そう焦れば焦るほど、余計に思い通りに行かなくなるのだ。

「最近、困ってるよね。見てて思うんだけど、力入ってない？　もうちょっとがっとやってみたらどうかな？　がっ、ばって感じ」

優里佳がアドバイスしてくれるが、何のことかさっぱり分からない。普通なら顧問に聞くところだが、あいにくと秋実たちの部の顧問はバドミントン経験者ではなく、技術的な助言は求められない。

家に帰ってから、秋実は他の部員に撮ってもらった動画を見てみた。

「――うーん」

力が入っている。その指摘については、間違いない。表情も、動きも、ひどく硬い。自分ではないかのようだ。

それぐらいのことは分かる。原因も、大会前で力んでしまっているからだと見当がつく。

しかし、解決法が見つからない。リラックスできる呼吸法やら、大会前のメンタルの整え方など色々ネットで検索してみるが、出てきたことを試してはい改善というわけには勿論《もちろん》いかない。

バドミントンのインターハイには、シングルス・ダブルス・団体戦がある。このスランプのせいもあり、秋実はシングルスの枠で出られなかった。ダブルスと、ダブルス二戦とシングルス三戦を行う団体戦で出場する。つまり、優里佳と一緒でやっと出られたのだ。

「困ったなあ」

呻《うめ》きながら、秋実はベッドに体を投げ出す。

優里佳が、羨ましかった。彼女はこういう類《たぐい》の不調とは無縁だ。バドミントンが楽しくて楽しくて仕方ないので、いつも自然体なのである。小さい子供が、「より楽しまなくてはいけない」と力んで遊べなくなるなんてことはあり得ない。それと同じだ。本当に、秋実とは全然違う。秋実の苦労など、分かりはしないだろう――

「――ダメダメ」

頭を振って、余計な考えを追い出す。優里佳は相棒だ。それを妬《ねた》むような真似をして、どうする。むしろマイナスである。二人の間にしっかりした信頼関係がないと、ペアは成り立たないのだから。

ちらりと、腕時計に目をやる。優里佳が誕生日にくれた、スポーツ用のデジタル時計だ。ごつごつしたデザインで、時間だけでなく日付や曜日も表示されるタイプのものである。女子高生らしくもなければ優里佳らしくもないチョイスだが（なにしろアナログではなくデジタルだ）、これには理由がある。

自主練でランニングしている時、時間を確認するのが大変だ――という話を優里佳にしたことがあった。スマートフォンは取り出すのが面倒だし、そもそも秋実の使っているものは大きめのサイズのもので、走る時には身につけるのも邪魔なのだ。

すると、優里佳が誕生日プレゼントとして腕時計を買ってくれたのである。お小遣いが多いわけでもなければバイトをしているわけでもないので、安物になってしまった――と優里佳は言ったのだが、秋実は嬉《うれ》しかった。なので、こうして肌身離さず着けている。

一秒一秒、デジタル表示の数字が変わる。一秒ずつ、秋実をインターハイ予選へと連れて行く。秋実は溜息をつき、目を逸《そ》らした。この時計を暗い気持ちで見るのは、何だかいやだった。

結局スランプを改善することができないまま、秋実はインターハイ県予選の当日を迎えた。

「大丈夫、秋実ちゃん」

優里佳が、心配そうに声を掛けてくる。

「ああ、うん」

試合会場である市立体育館の前で、秋実は立ち尽くしていた。中に入る勇気が、どうにも出せなかったのだ。

時計に目をやる。ぐずぐずしている時間は、もうない。

「がんばろ！　ねっ。やってみないと、分からないよ」

優里佳が励ましてくる。表裏のない彼女らしい、真剣そのものの表情。心の底から、秋実のことを気遣ってくれているのが伝わってくる。

「そう、だね」

秋実は何とか笑い返した。やってみないと分からない。そうだ、その通りだ。もしかしたら、ぶっつけ勝負で上手《うま》くいくことだってあるかもしれないじゃないか——


「——どうしてっ」

結果は、大敗だった。

「秋実ちゃん、どんまい」

優里佳が、慌てて駆け寄ってくる。秋実が、周囲を憚《はばか》ることなく涙を流していたからだ。

「どう、して」

——優里佳とペアを組んでから、負けたことがないわけではない。今回違うのは、ほとんど全ての責任が秋実にあることだった。普通、そこまで偏ることはない。二人で組んで試合をするのだから、割合は様々だが必ずどちらにも負けた原因というものがある。

だが、今回は違った。秋実が、ダメだった。

どんな時でも秋実を褒める優里佳が、「どんまい」という言葉を使ったことが何よりもの証明だ。秋実のせいで、負けたのだ。

一つ一つの失敗が、頭をよぎる。あの時フェイントだと見抜いていたら。あの時無理せず優里佳に任せていたら。あの時力一杯振り抜いていたら——後の祭りだと分かっていても、どうしても振り返ってしまう。どうしても、悔やんでしまう。

「ねえ、秋実ちゃん。一緒に帰ろ？」

帰り道。優里佳は秋実に話しかけてきた。その顔には、普段とは違う疲れが見える。試合中も、できるだけ秋実をフォローしようと懸命に駆け回っていたのだ。

いつも一割くらいは何かが抜けている優里佳が、必死になっていた。多分彼女は全力以上の力を出して、秋実を助けていた。そこまでさせて、なお——負けてしまった。

「大丈夫だから」

冷静さを保とうとしながら、秋実は言った。

「少しだけ、一人にしてもらってもいいかな」

優里佳は何か言いかけて、しかし言葉にできず俯《うつむ》く。

「うん。何か話したくなったら、いつでもスマホにかけてきてね」

そして、ぽつりとそれだけ言った。

一人の帰り道。頭の中は、試合のことで一杯だった。

勝てない相手ではなかった。実際以前当たったことのあるペアで、その時は割と余裕で勝てた。

その時よりも、相手の実力が劇的に向上していたようには思えない。眉《まゆ》や髪の毛に漂うどこかちゃらちゃらとした雰囲気や、時々客席に目をやる仕草など（彼氏でも来ていたのだろう）、試合態度の甘さも変わっていなかった。

だというのに、負けた。それはつまり、こちらに問題があったということだ。優里佳は普段よりも遥《はる》かに頑張ってくれていたわけだから、こちらの問題というのは秋実だ。

かくして、秋実の思考は何度も繰り返した結果を導き出す。自分のせいで、負けた。

「──ふう」

これ以上悩んでいても意味がない。そのことは分かっているので、秋実は何とか気持ちを切り替えようと自分に言い聞かせる。

これで終わりではない。バドミントンのインターハイには、まだ団体戦がある。問題点が洗い出せたと考えればいい。今回ダメだったところを丁寧に修正し、立て直すのだ。

ポジティブになるための理屈としては、完璧《かんぺき》に近いはずだった。しかし、秋実は自分を納得させることができなかった。声がするのだ。──一度勝った相手に負けた。つまり自分は後退している。前向きになって改めて進歩したところで、せいぜい元通りになる程度ではないか。そんなことで、大会を勝ち抜いていけるのか？

その声に反論する。落としたものを戻すのは、新しく伸ばすほど厄介ではない。きっとできるはずだ。

間を置かずに反論が返ってくる。その根拠はどこにあるのだ。自分がどうダメなのか、なぜ上手くいかなかったのか摑《つか》めていない現状で、なぜ断言できるのだ？

更に反論する。摑み方は色々ある。たとえば、誰かに助言を求めるとか。すぐさま反論が返ってくる。その誰かとは具体的に誰なのだ？　ペアの優里佳も、顧問の先生も、上手く教えてくれないではないか――

自分対自分の討論ほど厄介なものもない。自分に対して妥協しない秋実だと尚更《なおさら》だ。端的に言って、終わらない。

他のことは何も目に入らなかった。恋人同士らしい男女が喧嘩《けんか》していようが、五百円玉が落ちていようが、猫がサウナスーツを着てジョギングしていようが、全く気にならない。

「――ん？」

いや、最後のものは看過できない。猫がサウナスーツを着てジョギング？　そんなバカな。

「ふっ、ふっ、ふっ」

しかし、実際問題として、目の前で猫がサウナスーツを着てジョギングしている。後ろ足で立って、前足を振り、人間のおじさんのようにえっさほいさと走っている。

「何やってんの」

思わず、秋実は聞いた。聞いてしまった。

「だいえっとだ。余分な脂肪を落とし、肉体のぱふぉーまんす向上を目指している」

猫は秋実の方を振り返り、その場で駆け足しながら答えてきた。

「それは肉体よりめんたるの問題だな」

猫は──店長は、そんなことを言ってきた。

「分かってます」

なので、秋実は端的に答えた。

「わたしが知りたいのは解決法です」

「う、うむ」

少しばかり戸惑った様子で、店長は頷《うなず》いてきた。店長と秋実は、テーブルを挟んで差し向かいに座っている。

秋実に言わせると、戸惑うのはこちらである。苦悩しながら道を歩いていたらジョギングして人間の言葉を話す猫と出くわし、何やらお洒落《しゃれ》な店に連れてこられたのだ。

ここはこの猫の庵《いおり》だという。庵という割に、カウンターがあったり、イケメンの青年店員が働いていたりして、かなり違和感がある。秋実にとっての庵とは、古文の時間に習った方丈記《ほうじょうき》だか徒然草《つれづれぐさ》だかに基づいた、お坊さんが一人で墨を摩《す》って一日中何か書いている狭い部屋みたいなイメージだ。

しかも猫庵《にゃあん》なる名前が不思議さに拍車を掛けてくる。秋実が読めなかったところ猫は悔しがっていたが、その読み方は無理というものである。

「おやおや、店長。珍しく押されてますね」

そんなことを言ったのは、店員の青年だった。カウンターを拭《ふ》き掃除する手を止めて、こちらをニコニコと見ている。ふわりとした感じのくせっ毛に、ほっそりした体つき。顔立ちは整っていて、どこか中性的なところもあり、エプロン姿がよく似合っている。

「店長、普段の傲慢《ごうまん》な態度はどこへいったんですか」

猫は自分のことを庵主《あんしゅ》だと主張するが、青年がこんな感じで店長と呼ぶので秋実はそれにならっている。猫とイケメン、どちらがいいかというと秋実はイケメンである。バドミントンばかりしていると周囲に思われていて、まあ実際そうなのだけれど、素敵な男性に興味がないわけではないのだ。

「別に傲慢な態度などとっておらぬ。わしはあくまで自然体だ」

むっとした様子で、店長が言う。その物言いの感じからして既に偉そうなのだが、自覚は全くないらしい。

「しかし、バドミントンのインターハイですか。格好いいなあ」

テーブルに立て掛けている秋実のラケットを見ながら、青年が言った。

「そんなこと、ないです」

秋実は俯いてしまった。格好よさなど欠片《かけら》もない。何しろ、試合に負けてしくしく泣き出すほどなのだ。

「二人で物事に取り組むのは、難しいものだ。自分の動きだけではなく、お互いのこんびねーしょんが重要になってくる」

店長が言った。

「優里佳とは――そのペアの友達とは、上手くいってたんです。『アキユリ』とか、コンビ名みたいなのがついたりもして」

言ってから、秋実は気づく。あれこれ褒められていた時のことを、殊更に引っ張り出してしまった。見栄《みえ》を張っているのだろうか。それとも、自分の負けを未《いま》だに心のどこかで認めていないのだろうか――

「ゆ、百合《ゆり》か」

店長が、ふと恐れるような表情を見せた。

「何なんですか」

秋実は怪訝《けげん》に思う。そういう反応はまったく想像していなかった。

「百合って猫にとって凄《すご》い毒なんですよ。食べると腎臓《じんぞう》が壊れて大変なことになっちゃうんです」

青年が教えてくれた。彼の作業は、カウンターの拭き掃除から床のモップ掛けへと移行している。

「へえ、そうなんですね」

秋実は目をぱちくりさせた。玉ねぎが犬や猫には危ないという話は聞いたことがあるが、百合もダメとは知らなかった。まあそもそも百合に食べ物というイメージがあまりないが、犬や猫は別かもしれない。道端に生えていると、ぱくりとやってしまいそうだ。

「百合中毒というやつだ。今のわしは克服しておるがな」

店長が偉そうに言う。しかし、前足を落ち着かなげにもじもじとさせている。何か、怖い目に遭ったことでもあるのだろうか。

「そうだ、百合と言えば」

青年が、掃除する手を止めた。何か思い出したらしい。

「いいものが入ってるんですよ。少々お待ちください、今お出ししますから」

青年が出してくれたのは、お盆に盛られた饅頭《まんじゅう》だった。一つ一つ包装されていて、包装紙には店の名前らしい文字や、扇のようなものが三つ向かい合った模様が印刷されている。手の平に載せると可愛く感じるくらいのサイズ感だ。

「栃木にある扇屋《おうぎや》という和菓子屋さんの、『皇《すめらぎ》の杜《もり》』というお菓子です。扇屋さんは那須《なす》御用邸――つまり那須にある皇室の別荘ですね、そこが利用される時にお菓子を用意する御用命舗なんです」

「そうなんですか」

とても、高級なお菓子らしい。そう言われてみると、上等なものに思えてくる。我ながら単純だ。

「――あ、だからこの模様が扇なんでしょうか」

ふと気付き、秋実は包装紙に印刷されている扇のような模様を指差す。

「いいところに気づいたな」

店長がにんまりと笑う。

「正確には扇ではなく、地紙という。骨がないだろう？　扇の紙の部分だけなのだ。その地紙が三つ頭を向けて向かい合っていることから、これは『頭合わせ三つ地紙紋』と呼ばれる。扇屋の家紋なのだろうな」

まじまじと袋を見る。そう言われてみると、より伝統あるお菓子に思えてくる。我ながら単純だ。

「さあ、店長の蘊蓄《うんちく》はこのくらいにして。召し上がってください。美味《おい》しいですよ」

青年がすすめてきた。はい、と頷いて袋を開け、中身を取り出す。

色は緑色。絵の具で塗ったような緑色ではなく、何やらきらきら輝くものが振りかけられてもいる。とても、品の良い華やかさがある。

「表面の緑色は和三盆抹茶、そして中の餡《あん》が――百合根をちりばめた白百合餡だ」

店長が、饅頭を見ながら言った。表情が硬い。緊張しているようだ。

「白百合餡、ですか」

響きは何とも雅《みやび》だ。しかし、実際どういう味なのかは想像もつかない。根っこと言われると、何だか土っぽいイメージさえ持ってしまう。

「どうぞ」

青年がにこやかにすすめてくる。この笑顔にはどうも抗《あらが》えない。ということで、秋実はお菓子を頂くことにした。添えられていた太い楊枝《ようじ》で食べやすい大きさに切って、口に入れてみる。

「おいひい」

いきなりのことに、驚いてしまった。

最初にやってくるのは、皮のもちもちとした食感。単なるもちもちではない。途方もないもちもちである。普通に生活している中で経験するもちもちとは次元が違う。

一方もちもちしているだけではなく、餡に時々シャキシャキとしたような食感が混じる。これによって、食感にメリハリが生まれている。このシャキシャキが百合根なのだろうか。

さて、先に食感から触れてしまったが、この餡の味わいがまたいい。口いっぱいに甘さが広がるのだが、決して押しつけがましくなく上品なのだ。とても素敵である。最初は抹茶の味がやってきて、次に餡の甘味、そして印象深い何かの後味で締めくくられる。これが和三盆だろうか。

「いかがですか？」

青年が聞いてくる。

「美味しいです！」

自分でも驚くくらいに、生き生きとした返事をしてしまった。

「む、むむ。童《わっぱ》、わしにも黒文字をよこせ」

店長が、たまらなくなったようにそんなことを言う。

「はいはい、分かりましたよ」

青年が、苦笑交じりに木の楊枝――黒文字という名前らしい――を渡す。店長はしばし睨《にら》みつけてから、饅頭を半分に切り分け口へ入れる。

「――うまい」

店長の表情が緩んだ。本当に、美味しいものを食べたという顔である。秋実も、つられてにっこり笑ってしまう。

「大分、ほぐれましたね。とても、自然な笑顔ですよ」

青年が、優しい声を掛けてきた。

「え、あっ」

そんな風に言われると、恥ずかしい。秋実は赤くなって俯《うつむ》いてしまう。

しかし、実際のところ、確かに青年の言う通りである。もうずっと、肩の力を抜いて笑っていなかった気がする。悩んで、眉間《みけん》に皺《しわ》を寄せてばかりだった気がする。

「さて、そろそろよいだろう」

おほんと咳払《せきばら》いをすると、店長は夕焼けのような瞳《ひとみ》で秋実を見てきた。

「猫の手を貸してやろう。試合の動画などはないのか」

「――ありますけど。でも」

秋実は逡巡《しゅんじゅん》する。猫の手も借りたい状態なのは事実だ。しかし、だからといって本当に猫に協力を求めるのはいかがなものだろう。

「せっかくだから、相談してあげてください。店長、こう見えて寂しがり屋ですし。お客さんに相手してもらうのが、楽しみなんですよ」

青年が、そう言ってきた。

「そ、そんなことはない！　断じてない！」

店長がくわっと目を見開いた。前足の肉球でテーブルをぽむぽむ叩《たた》き、ひげをぴーんと突っ張らせる。よほど痛いところを突かれたらしい。

「はいはい、分かりましたよ」

仕方なしに、秋実はスマートフォンを取り出した。

「ボランティア活動ってことで。相談してあげますよ」

「ぬうう、小娘風情が調子に乗りおって」

「はいはい。これです」

スランプ状態の練習動画を適当に一つ再生し、全画面にして店長に差し出す。あまり見たくないので、自分の視界には入らないようにする。

「む、む？」

店長は目を細め、画面から顎《あご》を引いたり戻したりし始めた。

「ちょっと待て。童、あれをもて」

そして、青年にそんなことを言う。

「はいはい、老眼鏡ですね」

青年が、ニヤニヤしながら答える。

「こ、こら！　ぼかしたのに詳しく言い直すでない！」

「はいはい」

青年が、カウンターの方へ歩いて行く。

「本来猫は近眼なのだがな。まあ、年輪を重ねて変化が生まれることもある」

店長が、聞かれるともなしに弁解がましく言う。

「年を取ったってことですね」

店長の前に眼鏡を置くと、青年が付け加えた。

「だから詳しく言い直すでない！」

ぷりぷり怒りながら、店長は眼鏡を掛ける。

そして両の前足でスマートフォンを持ち、無言で動画を見始めた。時折頷《うなず》いたりする。

何だか、本当にバドミントンが分かっているかのような雰囲気である。

「む」

——かと思いきや、その印象は割と早い段階で崩れた。

「む、む」

店長が前足で、何やらちょいちょいと画面を触り始める。最初は一時停止でもしているのかと思ったが、明らかに違う。

「あの、すいません。あれって」

秋実は、青年に小声で話しかけた。

「猫って動く小さいものが本能的に大好きですからね。画面の中のものでも、動いてると捕まえようとしちゃうんですよ」

青年が苦笑交じりに答えてくれる。やっぱりそういうことらしい。

「こ、こら。何を陰口を叩いておるか」

店長が、こちらを見てきた。耳がぴくぴく動いている。猫だけに、耳がいいようだ。

「とりあえず、小娘の悩みは大体分かった」

店長はそんなことを言うと、えへんとふんぞり返った。

「ひとつ、稽古《けいこ》を付けてやろう」


店の前の道で、秋実と店長はラケットを持って向かい合っていた。

青年が持ってきてくれたラケットだ。柄《シャフト》の部分の硬い、上級者向けのものである。猫のくせに、随分といっちょまえだ。

しかも、どこからともなくネットまで出してきた。床が体育館ではないし屋外なので試合らしい試合にはならないが、まあ公園で遊ぶようなものだと思えばいいだろう。

「じゃあ、サーブはそちらからで」

言って、秋実は構える。制服姿だが、スカートの下には貸してもらったNYADIDASなるメーカーのジャージを穿《は》いている。そんなに丈が短いわけではないが、まくれるのを気にしてへろへろした動きになるのは我慢ならない。

腕時計に目をやる。まだ家に帰るまで時間がある。この猫をこてんぱんにしてやるのもいいだろう。

「はい、えーと。オンマイライト秋実さん、オンマイレフト店長。店長トゥサーブ、ラブオール、プレー」

審判役の青年が、手順通りコールしてくれる。彼がいるので気にしてジャージを穿いた、というのも勿論《もちろん》ある。

「では、猫庵庵主――いざ参るっ」

何やら大仰な物言いをすると、店長はサーブする。

「――はっ」

秋実の体が動いた――否、動かされた。バックハンドに持ち替えて、店長のサーブを打ち返したのだ。

バドミントンはスピーディーな競技である。のんびり考えている暇はない。考えるのと、同時に動く。場合によっては、考えなくても動けるようにならないといけない。相手が強ければ強いほど、そうなる。最適の反応を自分の中で用意し、場面に応じて繰り出すのだ。

その反応を、無理やり引き出された。つまり――店長は手強《てごわ》い。

「ぬんっ」

秋実の返したシャトルを、店長がぴょーんと飛び上がってスマッシュした。そのぴょーんという動きの呑気《のんき》さに気を取られ、反応が遅れた。

「1《ワン》—0《ラブ》、ですかね？」

地面に転がるシャトルを見ながら、青年が言った。

「ふふん」

店長が、にんまり笑ってくる。余裕の表情だ。

「やってくれるじゃない」

秋実も、唇を吊《つ》り上げて返してやる。いいだろう。本気を出してやる。

「13《サーティーン》—10《テン》」

戦いは、一進一退。やや店長有利という状態で推移した。ポイントが取れていないわけではないが、どうにもすっきりしない展開だ。

「反応、鋭い」

呼吸を整えながら、秋実は呻《うめ》く。店長の動きは決して速くない。体型に準じた動きだ。しかし、フェイントにもしっかり追いついてくる。まるで、全てが見えているかのようだ。

「猫は近眼なんですけど、動体視力はいいんですよ。ハンターですからね」

青年が説明してくれる。

「はい」

頷きながら、秋実はラケットの端に引っ掛けるようにしてシャトルをすくい取った。サーブ権はあちらにあるので、軽く打ってやる。

その間、僅《わず》かな時間にも秋実は必死で考えた。どうすれば、いいのだろう。どう動けば、店長に勝てるのか――

「それだ。それがいかん」

いきなり声を掛けられて、ぎくりとする。

「自分がどうするか、自分がなにをすべきか。そればかり考えている」

店長は、ラケットで自分の肩をとんとんとやりながら言った。

「どういう、ことですか」

虚勢を張りながらも、秋実は少なからず怯《ひる》んでいた。なぜ、秋実の考えていることが分かったのか。

「兵法の基本だ。己を知ると同時に、相手を知る必要がある」

じっ、と。店長が秋実を見てくる。

「ばどみんとんは、相手がいて初めて成立するすぽぉつだ。自分のことだけを考えていて、勝てるはずもなかろう」

――はっ、と。秋実は息を呑《の》んだ。店長の言葉が、胸を突いたのだ。

「それ、は」

何か言い返そうとして、できない。完全な、事実だったのだ。

「自分がなにをすべきか。それは相手から見出《みいだ》すこともできるということだ」

そんなことを言う店長を、秋実は見返す。――瞬間、閃《ひらめ》いた。

「手がかりは得たようだな。ならば、再び参る」

店長が、サーブをしてくる。最初ほどのキレはない。あるいは、秋実が慣れてきたのか。いずれにせよ、ぐんと自由度が上がる。

秋実はシャトルを手前、ネットの際へ落とすように打った。店長はシャトルを目で追い、えっさほいさと駆け寄る。――見て、反応している。

店長が、シャトルを打ち返してきた。すかさず、次の一手を繰り出した。奥に向けて、鋭く打ったのだ。

「むっ――」

店長が追いつこうとするが、追いつけない。遂《つい》にはつまずき、ころころとボールのように転がってしまった。ぼてっと倒れたその先に、ふぁさっとシャトルが落ちる。

「よしっ」

秋実は拳《こぶし》を握る。今までのポイントとは違う、手応《てごた》えがある。

――相手を前後に揺さぶる。戦術としては、基本中の基本のものだ。それを決められただけで、なぜにこれ程嬉《うれ》しいのか。それは、きっちりと「読み切った」からだ。

店長は、シャトルの軌道を常に見切り、対応していた。つまり、バドミントンという競技を練習して身につけた技術ではなく、動物的な——というか多分動物そのものの能力でプレーしていたのだ。

で、あれば。バドミントンという競技が積み上げてきた戦術、磨き上げてきた定石には対処できないということになる。

前後に相手を揺さぶるというのは、バドミントンの戦術としては基本中の基本である。特に、後ろに走らせるのは重要だ。人間（勿論猫も）顔は前を向いているので、前に走るのは簡単だ。逆に、後ろに向かって全力に下がるのは難しい。

だからこそ、特にシングルスでは一度打てばできる限り中央付近——ホームポジションに戻るのが基本だ。しかし、店長はそれができていない。

「うむ」

起き上がり満足げに頷くと、店長はまたぱったり倒れた。

「え、ちょっと。これで終わりですか？　ここからってところなのに」

手応えがある。バドミントンをやっていて、ここまで突き抜けたような感覚になったのは久しぶりだ。もっとやりたい。実感を、確かなものにしたい。

「無茶を言うな」

しかし、店長は起き上がろうともしなかった。

「現役まっしぐらな体育会系女子高生の体力と、だいえっと中のわしが張り合えるはずもあるまい」

「それは、そうかもしれませんけど。でも——」

情けないことを言う店長に詰め寄ろうとして、秋実は何か硬いものを踏んだ。

「——えっ？」

足をどけてみると、それは腕時計だった。自分の手首を見ると——ない。拾い上げてみると、ベルトを固定する金具が壊れてしまっていた。

「うーん、もらってから、そんなに経ってないんですよね」

カウンターの向こうに立った青年が言う。その手にあるのは、壊れてしまった秋実の腕時計である。

「もしかしたら、不良品だったのかも。廉価なモデルでもちゃんとしたメーカーのものですし、滅多にあることじゃないんですけどね」

「なるほど」

青年の説明に頷《うなず》きながらも、秋実は気落ちしていた。腕時計が壊れてしまっただけではなく、踏んづけてしまうとは。気づかなかったとはいえ、とんでもないことをしてしまった。

「まあ、絶対にゼロではない。だからこそ、どのメーカーも返品交換窓口は用意しているのだ。あれは購入者への誠意の表れでもある」

店長が、不明瞭《ふめいりよう》な声で言う。なぜそんなことになっているのかというと、猫庵の床に布団を敷きその上でうつ伏せにひっくり返っているのだ。疲れ果てているというのは、嘘ではないらしい。

「保証期間、微妙に終わってるかも」

細かく確認してはいないが、多分一年間だろう。それはぎりぎり過ぎてしまっている。もう、直してもらえないはずだ——

「——あっ」

そこまで考えて、はっと秋実は大切なことを思い出した。

「ここって、確かお直し処ですよね？　だったら、修理をお願いしてもいいですか？」

猫の手を借りるどころか、藁《わら》にもすがる思いだった。試合にも負けて、もらった時計も壊して、優里佳に合わせる顔がない。

「うむ」

返事は、布団からよこされた。

「確かに引き受けた」

倒れ伏したままで、店長が言う。堂々とした返事だが、姿勢はどうにも格好悪い。

「童《わっぱ》、お直しを任せる。見事に成し遂げてみせよ」

起き上がることもないまま、店長はそう命じた。

「はい、承りました」

頷くと、青年は手早くカウンターに道具を並べていく。中には替えのベルトらしきものまであった。随分と色々なものが揃っている。お菓子からバドミントンのネットまで、猫用の老眼鏡から時計の修理道具まで、この猫庵という店には何でもあるのだろうか。

「ベルトを交換しますね。金具をつけるより、ベルトごと換えちゃった方が早いです」

青年が言った。替えのベルトに見えたものは、本当に交換用のものだったらしい。

「簡単に、できるものなんですか？」

思わず、そう聞いてしまう秋実である。付けていた感じからしても、ベルトはぴったり時計と一体化していた。取り外しができるようには中々思えない。

「簡単かどうかは、人次第ですけれど。単純な作業の難易度としては、そこまで高くありません」

青年は、ドライバーのようなものを手に取った。何やら、先端が二股《ふたまた》に分かれている。

「まず、これでベルトを留《と》めている部品を外します」

そして、文字盤とベルトを繋《つな》いでいるらしき銀色の金具をいじり始めた。ほどなくして金具は外れ、続いてベルトも取り外された。

驚いてしまう。青年の手並みが鮮やかなせいもあってか、とても容易《たやす》いことであるかのように見えてしまう。

「そして、新しいベルトをつけます」

言って、青年は準備していた交換用のベルトを取り付ける。丁度先ほどの工程を逆回しする形だ。

「少し、色合いが変わってしまいましたが」

あっという間に、時計のベルト交換は終了した。

「ありがとうございます！」

秋実は、カウンターにぶつかりそうな勢いで頭を下げる。感謝しても、しきれない。

「ほんと、凄《すご》い技術っていうか。感動しました」

直った時計を見つめる。まったく同じベルトではないので雰囲気は変わっているが、むしろ生まれ変わったような印象もある。

スランプも抜けられそうだし、時計も生まれ変わった。しかし、秋実の気持ちは今一つ晴れなかった。もう少し、早く抜けていられれば。そんな後悔が、消えないのだ。もう少し早く本調子を取り戻していたら、今日の試合だって――

「どうなさいました？」

「えっ、簡単」

青年が、気遣わしげに聞いてくる。

「いえ、その」

慌てて、誤魔化そうとする。折角直してもらったのに、暗い顔をしていてはいけない。だが、どうにも上手《うま》く振る舞えない――

「ふむ。お直しが終わったか」

秋実が困り果てていると、店長がカウンターの向こうからひょこりと顔を出した。いつの間にか、布団から出てきていたらしい。

「――ふむ。まあ、問題はない。この手際と仕上がりなら、猫庵のお直しと認めてやってもよかろう」

店長は時計に前足を置いた。肉球をぎゅむっと押しつけ、しばらくしてから離す。

「これ、は？」

秋実は戸惑う。時計の文字盤から、ひげのようなものが生えていたのだ。厳《いか》ついデザインの文字盤が、猫の顔になってしまったかのように見える。

「嬉しいですね。店長が、僕のお直しに店長手形を押してくれるなんて」

青年が、目を輝かせた。何だかよく分からないが、随分と喜んでいる。

「店長手形ではない。落款だ」

店長は、苦々しいような、あるいは照れくさそうな、そんな物言いをしてそっぽを向く。

「よいか、小娘。その腕時計はこれより猫庵庵主《あんしゅ》の保証付き腕時計だ。戻りたい日時を設定し、それからひげを引っ張れば、小娘の時間を巻き戻してくれる。失敗した記憶を持ったまま、やり直せるということだ」

そして、今度は秋実の方を向いてくる。

「ただ、使いすぎぬようにな。物事は、ただやり直せば上手くいくというものでもない。一つの行動がもたらす結果は、一つではない。良かれと思ってやったことが、どんどん物事を悪くすることもある」

「え、いや、その」

言っていることが、ぶっ飛びすぎである。いやまあ、猫が立って歩いてバドミントンする時点でぶっ飛んでいるも何もないのだが、それにしても時間を戻すなんて話はあまりに無茶苦茶すぎる。

「一応繰り返し使えるが、時計がにゃあんと鳴いたら気をつけろ。それが、最後の一回ということだ」

しかし、店長の言葉には笑い飛ばすことを許さない重みがあった。

「最後の一回で、小娘はこの時計のお直しにまつわることを全て忘れる。それまでやり直した記憶も元に戻る。よくよく考えることだ」

その目には、疑うことを許さない真剣味があった。

「時間を、戻せる」

呟《つぶや》くように言いながら、秋実は時計に触れる。時間を設定する。今日の午前中、試合の前に。もし、時間を戻せたら。もし、今の感覚であの試合を戦えたら。

点滅する時間表示を見つめる。ずっとずっと長い時間見つめ、遂《つい》に秋実は決心した。時間を設定し、そしてひげを引っ張った。


「大丈夫、秋実ちゃん」

優里佳が、心配そうに声を掛けてくる。

「ああ、うん」

試合会場である市立体育館の前で、秋実は立ち尽くしていた。

「――え」

目を見開く。これは、どういうことなのだろう。さっきまで、不思議なお店でおかしな猫やイケメンの青年と話していたはずなのに。

「優里佳、今、試合は？」

狼狽《うろた》えながらそう聞くと、優里佳は更に狼狽えた。

「し、試合？　えーと、えと、うん。大丈夫だよ、まだ始まってないよ」

しわしわの予定表を取り出し、上下逆さまに広げて元に戻したりしながら優里佳が言う。

「っていうか、よく考えたらさっきわたしたちバスから降りたばっかりだよ。うん、多分大丈夫だと思う」

わたわたしている優里佳に茫然《ぼうぜん》と頷き返すと、秋実は腕時計に目をやる。表示されているのは、あの時設定した時間だ。

「がんばろ！　ねっ。やってみないと、分からないよ」

優里佳が励ましてくる。それは、とても聞き覚えのある励まし方だった。

試合の流れにも、既視感《デジャヴ》があった。

相手の一人が、振り抜く体勢を見せる。強力な一撃に身構えかけて、はっと思い出す。

いや、違う。これは確か——フェイントだ。

一瞬以上の迷いのせいで、完全に反応することはできなかった。しかし、間違いない。

秋実は——『同じ試合』を繰り返している。

「秋実ちゃん、どんまい。まだまだだよ」

優里佳の励まし。これにも聞き覚えがある。

相手の一人が、サーブを打った。秋実は打ち返す。中途半端な軌道。相手のもう一人が、ここぞとばかりに打ち込んでくる。拾おうとすれば、拾えなくもない。だが――身を引く。

後ろから、優里佳が飛び出してきた。目にも留まらぬ勢い。打ち抜かれたシャトルもまた、視認できない程に速い。コート内の人間がその存在をようやく確認したのは、相手コートの上だった。

――『前の試合』。秋実はここで失敗した。無理に拾いに行き、大きな隙を作ってしまった。すぐに、優里佳に任せていればよかったと気づいて悔やみ、余計にペースを崩してしまった。

「優里佳ナイス！」

わっと味方の歓声が上がる。これはただの一点ではない。流れを変える、大事なポイントだ。

しかし、変わったのは本当は流れだけではない。そのことを、秋実だけは知っていた。変わったのは、きっと、これからの未来だ。

優里佳がサーブを打つ。相変わらず、強烈なサーブである。この時点で、まだ優里佳は疲れ切っていないのだ。

相手のうちの一人、後衛のさらさらセミロングが打ち返してくる。若干のぎこちなさ。秋実が打てば、もう一人――前衛の茶髪一歩手前が打つ。こちらは滑らかだ。

ラリーが続く。さらさらセミロングの動きには、ぎこちなさが少しずつ目立っていく。

ぎこちなさは不自然さへと変わり、不自然さはラリーを止め、秋実と優里佳のポイントへとつながった。

「――分かった」

秋実は呟いた。ぎこちなさ、不自然さ。その正体を掴《つか》んだのだ。

敵のコートを見る。――これまで、二人をずっと「試合相手」としか認識していなかった。しかし、今は違う。一人一人が、その顔やプレーに至るまではっきり分かる。

まず前衛の茶髪一歩手前。ちらちら客席を見るところや、「地毛です」と言い張りつつ色を触ってそうな髪の色など、バドミントンへの熱意は薄めだ。しかし運動神経はよく、体力もある。スポーツそのものには向いていて、だから部活は続けられているという感じだ。よってテクニックの面ではとても粗削りで、そういえば以前に勝った時は一旦《いったん》乗れなくなると簡単にガタガタになっていた。

後衛のさらさらセミロング。こちらもやる気の面では多分前衛とどっこいどっこいで、技術面でも大差はない。ただ一つ違うのが、『大きな穴』が空いていることである。

優里佳がサーブを打つ。さらさらセミロングは、少しばかりもたつきながら返した。なぜそうなるのか、今の秋実は分かっている。もたつきの原因を――さらさらセミロングの弱点を掴んだのだ。

「秋実ー！」

部員たちの喚声が上がった。

さらさらセミロングの弱点。それは、スタミナだ。

彼女もまた、運動のセンス自体は持っている。しかし、肝心の持久力に明らかな難がある。おそらく、前衛の茶髪一歩手前よりも更に不真面目なのだろう。

——相手を知ることが大事という、店長の言葉が甦る。そうか、そういうことだったのか。

優里佳がサーブを打った。その音の澄み具合が、喚声を抜けて秋実の耳に届く。手足に力が漲《みなぎ》る。バドミントンのやり方を、闘争の流儀を、全身が思い出していく。

秋実は、さらさらセミロングの弱点を執拗《しつよう》に突いた。彼女を激しく動かし、徹底的に疲れさせたのだ。優里佳も同じことに気づいていたか、秋実にしっかり合わせてくる。

流れは、ほとんど一方的なものになった。残酷なようだが、試合とはこういうものだ。

「あっ」

さらさらセミロングが、バランスを崩して膝《ひざ》を突いた。普通にできていれば拾えたはずのシャトルが、彼女の前の床に落下する。

「——ちょっと」

前衛の茶髪一歩手前が、さらさらセミロングを睨《にら》んだ。さらさらセミロングは、ふんとふてくされて立ち上がる。明らかに、関係がぎくしゃくし始めていた。絶交に発展したりすることはないだろうが（そこまでバドミントンを愛しているわけでもあるまい）、この試合中に元通りというわけにもいかないだろう。勝負あった。この状況で、ひっくり返されることはない。

万感の思いを込めて、優里佳を振り返る。やったよ、とか。気づけたよ、とか。気づいてたなら教えてよ、とか。様々な思いを込めた目を向ける。

「ん、どしたの？」

アイコンタクトは全く成立しなかった。力が抜けそうになり、そして思い当たる。これは多分、二人の気持ちが通じていないとかではない。優里佳は多分、直感で相手の弱点に気づき、直感的に攻めていたのだろう。だから情報の共有もちゃんとできないし、今秋実がどう思っているかもぴんと来てないのだ。

「ううん」

苦笑して、秋実は首を横に振った。そして、構え直す。とにもかくにも、この戦いに勝つのだ。

「アキユリー！」

応援が飛んできた。秋実は、誇らしさと共にそれを受け止める。

初戦は、見事な勝利に終わった。その勢いを駆って、続く二回戦と三回戦にもアキユリは勝利した。

「かんぱーい！」

いつもの儀式は、スポーツドリンクのペットボトルですませる。秋実たちの県では、インターハイの予選を一日で終わらせてしまう。試合の合間も、のんびりジュースで乾杯というわけにはいかないのだ。

「良かったあ。秋実ちゃんが調子を戻せて、本当に良かったよ」

ただし、優里佳はのんびりしている。タイトな試合スケジュールも、彼女の太平楽な人間性を変えることは出来ないのだ。

「秋実ちゃん、すっかり全開だよね。さっきの試合なんてさ、最後の方はこんなんなって」

優里佳が、目をくわっと見開き歯をぐわっと剝《む》き出す。

「ちょっと、やめてよ。そんなくわぐわっとした顔してないよ」

秋実がべしりと優里佳の上腕をはたき、周りの後輩部員たちが笑い転げる。

しばらくそんな感じでお喋《しゃべ》りしてから、ふと秋実はバッグから時計を取り出す。ベルトを交換して、髭《ひげ》を生やした腕時計。時間を戻し、秋実をベスト8目前まで連れてきてくれた、不思議な道具。

「あ、なにそれー！　わたしがあげた時より可愛くなってない？」

優里佳が目をぱっと見開き、ドカッと近づいてくる。

「そんなばっドカッって寄らなくても、見せてあげるから」

ほら、と秋実は優里佳に時計を渡した。

「優里佳にはごめんなんだけど、ベルトが壊れちゃって。お店で直してもらったの。そしたら、おまけでちょっと」

かいつまんで説明する。イケメン青年はともかく、さすがに喋る猫の話までするわけにはいかない。優里佳の場合、疑いなく信じてしまいそうだから尚更《なおさら》だ。

「いいなー。いいなあ」

優里佳が、ちょいちょいとひげに触れたりする。

「ほら、そろそろ次の試合だよ。相手は一年ペアだけどここまで大差で勝ってるみたいだから、油断しないようにね。もう、試合相手のことくらい気にしなよ」

先輩部員が、呆《あき》れたように言ってきた。

「すいません、つい優里佳に付き合っちゃって。——さあ、準備しよ。ほら、時計返して」

そして、優里佳に手を差し出す。

「え？　あ、うん」

ずっと時計に見入っていた優里佳が、我に返って返してきた。それを受け取るとバッグにしまい、改めてラケットを握る。さあ、次の試合だ。

相手を見るなり、優里佳は露骨に顔をしかめた。

「うわ、左利きだよ」

「そういう表情をしない。失礼だよ」

窘《たしな》めつつも、秋実も気持ちは同じだった。左利きの相手はやりにくいのだ。

相手を見る。後衛は、普通の右利き。大きくもなければ小さくもない。取り立てて特徴がない。強いて言うと、後ろ髪を二つにくくっていることくらいだろうか。

そして前衛が、左利きだ。優里佳だけでなく、応援席や通りすがりの選手からもしばしば視線を受けているのだが、飄々《ひょうひょう》としている。左利きは大会の場でよく目立つので、注目されることに慣れているのだろう。

このメンタルの強さからしても、油断できない相手の可能性が高い。気を引き締めて、挑まないと。

そう決意した秋実だったが、実際試合が始まってみると、気を引き締めるどころの話ではなかった。――想像以上に、手強《てごわ》かったのだ。

「く、そっ」

――左利きというのは、ただ鏡に映したように動きが左右対称になるわけではない。様々な部分で違いがあり、覚え込んだパターンを絶妙にずらされてしまう。後一歩、もう少しのところで狂いが生じ、崩されてしまう。左利きの相手と対戦するのが初めてなわけではないのだが、やはり対応しきれない。

二つくくりの後衛も、見た目に特徴がないだけで実力は高かった。前衛の特徴を生かし、後ろからまさしくバックアップしている。二人とも、中学の頃からしっかりバドミントンをやってきたのだろう。

「落ち着いていこっ」

一方、優里佳は見事に対応していた。頭で考えずに、体で動く優里佳は、左利きに対しても体当たりで感覚を掴んでいるのだろう。

優里佳の頑張りで、試合はある程度の形になった。だが、それが限界だった。

「負けちゃったねえ」

優里佳が、ふーっと息を吐く。

「でも、頑張ったと思うわたしたち」

優里佳の言葉に、嘘はない。アキユリは、全力を尽くした。後一歩のところまで行った。

それは、間違いない。

——これまでの秋実なら、不承不承ながらも納得できたかもしれない。しかし、今の秋実は、違っていた。

コートを出て、秋実はバッグを手にした。開けて、中から時計を取り出す。

「秋実ちゃん、どうしたの？」

優里佳が、怪訝《けげん》そうな表情で覗《のぞ》き込んできた。何も答えず、秋実は時計を操作し始める。

——やってはいけない、ことかもしれない。だけど、どうしても納得できない。あと少し、もうちょっとだったのだ。だから、きっと、もう一度やり直すことができたら——

「あ、なにそれー！　わたしがあげた時より可愛くなってない？」

優里佳が目をぱっと見開き、ドカッと近づいてくる。

「なにするのっ」

思わず、秋実は時計をかばった。

「あっ」

戸惑ったように、優里佳が身を引く。

「ごめん。びっくりさせちゃった？」

優里佳はおろおろとした。

はっとして、時計を見る。時間は、試合が始まる前に戻っていた。——まさか。

「もうすぐ、試合？」

「ほら、そろそろ次の試合だよ。相手は一年ペアだけどここまで大差で勝ってるみたいだから、油断しないようにね。もう、試合相手のことくらい気にしなよ」

先輩部員が、呆れたように言ってきた。つい少し前、試合が始まる前に聞いた言葉だ。

——やってしまった。また、時間を戻してしまったのだ。

「秋実ちゃん、大丈夫？」

優里佳が心配そうに聞いてくる。秋実は、それに小さく頷《うなず》くことしかできなかった。

「うわ、左利きだよ」

相手を見るなり、優里佳は露骨に顔をしかめた。もう、秋実は窘めなかった。相手はどうせ、注目され慣れている。別に気を遣わなくてもいい。

「——やるしか、ない」

秋実は、覚悟を決めた。もう、後には引けない。ここまで来たからには、やるしかない。

やり直せば、いいと言うものではなかった。最初の試合は、こちらに実力的なアドバンテージがあったから、あっさり勝てたのだ。今回の二人とは、実力が伯仲している。全開の失敗を取り戻しても、また違うところで違う展開が生まれる。ただ、やり直すだけではいけないのだ。

大事なのは、相手を観察することである。初戦の時のような、分かりやすい弱点はない。しかし、どこかにあるはずだ。苦手な部分、隠している弱みが。

試合が終盤に差しかかった。点差はまたも僅少《きんしょう》だ。

優里佳のサーブが、敵のコートを襲う。左利きの前衛が、素早く返した。

「あっ」

瞬間、気づいた。見抜いた、と言ってもいい。この左利きの前衛の弱点が、分かったのだ。

――しかし、遅すぎた。その弱点を突く作戦を組み立てる前に、勝負はついてしまった。

「負けちゃったねえ」

優里佳が、ふーっと息を吐く。

「惜しかったね。でも、頑張ったと思うわたしたち」

優里佳の言葉に、嘘はない――いや、そんなことはない。もっとやれた。あと少し早く弱点を見つけていれば。そこに攻撃を集中できていれば、こんなことにはならなかったはずだ。

引っ張る。

「秋実ちゃん？」

優里佳を無視し、秋実はバッグに向かった。時計を取り出し、時間をセットし、ひげを引っ張る。

「あ、なにそれー！　わたしがあげた時より――」

「もう、時計の話はいいから」

迫ってこようとする優里佳を、ぴしゃりと黙らせる。

「今から、相手の弱点を教えるから。肩よ。前衛の左利きの弱点は肩口」

「か、肩？　前衛？」

優里佳が目を白黒させた。周りの部員たちも、同様に戸惑った様子を見せる。しかし、そんなことに気を遣うつもりはない。

「理由までは分からない。わたしも未《いま》だに前打ち《フォアハンド》が少し弱いけど、なんでか分からないし。同じでしょ」

一気に言い募る。

「えと、弱点？　肩？」

優里佳は混乱状態だ。仕方ないので、優里佳のやりやすいルーチンに乗せてやる。

「覚えられないなら、メモでもして」

ぶんぶん頷くと、優里佳はバカ正直に自分のバッグから筆記用具を取り出し、秋実の言ったことを手の甲に書き始めた。

「何やってるの？　作戦会議？」

先輩部員が、不思議そうに聞いてくる。

「そんなところです」

秋実は頷いた。本来、試合と試合の間の時間はこうすべきなのだ。のんびり雑談しているなんていうのは、時間の無駄だ。次の試合に——戦いに備えて、万全を期すべきなのだ。

「ほら、そろそろ次の試合——」

先輩部員の話を聞き流し、秋実は思いを巡らせる。次こそ、次こそ勝つ。


「うわ、本当に左利きだ」

相手を見るなり、優里佳は分かりやすく驚いた。

「偵察したの？　凄《すご》いね、やっぱり軍師だね」

「無駄口はいいから。——覚えたの？」

優里佳に近づき、小声で訊《たず》ねる。

「うん、うん」

優里佳は手の甲を見た。

「前衛の子が左利きで、肩口が弱点なんだね」

「そう。しっかり攻めて」

言うと、優里佳に背中を向けて構える。

「――くそっ!」

人目も憚《はばか》らず、秋実は罵《のの》り文句を吐いた。ネットの向こうの左利きが戸惑ったような顔を見せ、相手コートの端にいる線審が感心しないと言わんばかりの目線を向けてくる。

いいところまで行った。左利きの前衛の弱点は、間違いなく肩口だったのだ。しかし、結局及ばなかった。相手が、戦い方を変えてきたのだ。立ち位置を変え、後衛の動き方も変化し、こちらの思惑を防いできたのである。

秋実は自分のバッグに戻り、そして時間も戻す。

二周目、三周目。繰り返す度に、少しずつ相手のことが分かっていく。毎回細かく変化するけれども、試合の流れも分かっていく。だが、だからといって勝てるというものでもなかった。負け、負け。敗北ばかりが、積み上がっていく。

「中盤に、相手が一旦《いったん》息切れするように感じるかもしれないけど、それ違うから。多分あっちがこっちの様子を見て、作戦を立てようとしてるだけだから。その後で、わたしの前《フォア》打《ハンド》ちが狙われるようになるし。それから――」

やり直す度に、伝える内容は増えた。優里佳はひとつひとつ一生懸命メモし、手の平限定で耳なし芳一《ほういち》のようになっていった。

「ごめんね」

そこまでやっても、勝てなかった。

「言われたこと、うまくできなかった」

優里佳がしゅんとして謝ってくる。

——指示が増えるにつれて、違う問題も生じ始めていたのだ。優里佳の動きがおかしくなったのである。優里佳は元来あれこれ考えてプレーすることが苦手なので、あまりに指示が増えるとペースが乱れてしまうのだ。

「才能任せでやってきたから、こういう時に対処できなくなるのよ。わたしがスランプになってた時、ちゃんと見てなかったでしょ」

秋実は、冷たく突き放す。

「ごめんね」

優里佳は、ただ謝るばかりだった。

繰り返し繰り返し、続けているうちに。微《かす》かな違和感のようなものが混じり始めた。

左利きをカバーする後衛の二つくくり。その動きに、ムラのようなものがあるのだ。初戦相手のさらさらセミロングが見せたスタミナ切れとは、また違う。ノイズにも似た、一瞬の不調和。

――もしかしたら。ある予感が、秋実の中に生まれる。もしかしたら、これは。

「後衛に集中して。徹底的に」

試合前に、そんな指示を秋実は出した。

「え？　でも――」

「いいから」

優里佳が反論しようとするのを、言下に封じる。優里佳の疑問は、まあもっともだ。そこまでやっては、バランスが悪い。相手に察知されて対策を取られれば、一気に崩れてしまいかねない。

「わたしの言うことが信じられないの？」

しかし、秋実は押し切った。今回崩れても、次がある。

「そうじゃないんだ。ごめん、ごめんね」

優里佳が、申し訳なさそうに謝る。

後衛を、左右に走らせる。徹底的に、勝ち負けを無視し、ひたすら後衛を動き回らせることに専念する。

相手は、早いタイミングでこちらの意図を察した。バランスの悪い攻めに対応し、着実に押し返してきた。

それでも、秋実は後衛を攻め続けた。優里佳も、秋実に従った。試合は、今までの繰り返しの中でも一番というほどの大敗に終わった。しかし——狙いは果たせた。

「あっ」

試合終了直後。相手の後衛が、その場に膝《ひざ》を突いた。

「大丈夫？」

左利きの前衛が、血相を変えて駆け寄る。彼女が肩を貸し、後衛は何とか立ち上がった。

左利きに支えられ、二つくくりは左足を引きずるようにして歩く。体重を少しでも掛けると痛むらしく、その表情は苦悶《くもん》に満ちていた。

「そうか」

遂《つい》に、秋実は違和感の謎を摑《つか》んだ。相手の後衛は、爆弾を抱えていたのだ。

——バドミントンはスピーディーな競技である。そして、スピーディーな動きは体に容赦ない負担を掛ける。どんなに優れた選手でも、ほんのちょっとしたきっかけで関節や手首足首を痛めてしまうことがある。

「秋実ちゃん？　ねえ、ちょっといいかな」

優里佳が、歩み寄ってきた。その声は、普段とは雰囲気が違う。何か、非難するような響きがある。

秋実はそれを相手にもせず、バッグに向かった。

「ねえ、ちょっと。秋実ちゃん」

もう、今回は終わりだ。秋実は、時間を巻き戻す。


「ねえねえ、軍師さん――」

「まず、相手は前衛が左利き。後衛がそれをバックアップするっていう組み合わせ」

この辺は、もう流れ作業になっていた。優里佳にとっては毎回初めてなので、同じことをいちから説明しないといけないのだ。丁寧にやっていたら面倒なので、可能な限り事務的にこなすようになっていた。

「――それから」

説明すべきことを説明し終えた上で、秋実は最後の話へと進む。大きな声で言えるようなことではないので、小声で囁《ささや》く。

「後衛は、左膝が悪いみたい。だから、完全に痛めるように動かすよ」

これが、最後の一手だ。数え切れない程の繰り返しを経て遂に見出《みいだ》した、どうしても勝てない相手に勝つための秘策だ。これさえあれば、きっとこの戦いを勝ち抜ける――

「それは、なんかやだな」

――秘策は、まったく想像もつかないところでつまずいた。

「えっ」

理解が追いつかない。こんな展開は、初めてだった。優里佳は、何を言っているのか。

「その、怪我してるけど出場した人に手加減するとか、そういうのはダメだと思うよ？　でも、相手をわざと怪我させて、それで勝とうっていうのは――」

おそるおそるといった様子で、優里佳が反論してくる。

「いやじゃないわよ。今更何言ってんのよ」

秋実はかっとなった。何度も、本当に何度も繰り返してようやく見つけた「答え」なのだ。「いや」の一言でひっくり返されてなるものか。

「ご、ごめん」

優里佳が、びくりと首を竦《すく》めた。よほどの剣幕だったのだろう。

「わたしの言う通りにしてれば、それでいいのよ。言ったこと、ちゃんと覚えて」

「うん、うん」

慌てて、優里佳は手の甲に書き付けた文字と向かい合った。

秋実は深呼吸して、気持ちを落ち着かせる。冷静に、冷静に。遂に勝機が見えたのだ。決して、失敗できない。

徹底的に、後衛の左膝を攻める作戦。前回と似ているようで、少し違う。目的はより明白で、目標はより明確だ。

　後衛は、初めのうちこそ隠して耐えた。途中で秋実が不安になるほど、平然としていた。

　しかし、突然限界がきた。ある瞬間膝をかばうような素振りが見え、その次で崩れたのだ。

「あっ」

　試合の最中に、後衛はその場にうずくまった。何とか立とうとするが、どうしても立てない。そのまま試合は、相手の棄権という形になり、秋実と優里佳は勝ち上がった。

「――やった」

　遂に、遂に勝った。達成感が漲《みなぎ》る。やれば、できるのだ。到底勝てそうにもない相手だって、勝てるのだ――

「ねえ、秋実ちゃん」

　震えた声が掛けられた。優里佳だ。

「わたしたち、良かったのかな」

「何言ってるのよ」

　振り返り、秋実はぎょっとする。ラケットをだらんと下げて持っている優里佳が、ひどく青ざめていた。

「こんなことして、本当に良かったのかな」

その視線の先にいるのは、対戦相手だ。

つられるようにして、秋実も見る。今まで倒すべき敵としか見えていなかった二人を、改めて見つめる。

相手のペアは、コート脇にいた。担架がくるまでの間に、応急処置を受けているようだ。

「敬子《けいこ》、大丈夫？」

前衛が、気遣わしげな声を掛ける。ほっそりとしていて、本来スポーツ向きには見えない。左利きという武器を生かして、必死で頑張ってきたのだろう。

「ごめんね、裕花《ゆうか》。わたしのせいで」

敬子と呼ばれた後衛は、唇を嚙《か》み締めた。

「わたしが、こんなじゃなかったら」

秋実は、息を吞《の》んだ。敬子の頰を、涙が伝ったのだ。

何度もネットを挟んで向き合ってきた彼女の表情は、いつも冷静なものだった。それが、完全に崩れてしまっている。

「いいよ、いいから。ずっと、頑張ってきたじゃない」

自分も涙声になりながらも、裕花という名前らしい左利きの前衛は気丈に励ます。

その姿に、秋実は自分たちが重なって見えた。スランプで悩む秋実と、懸命に元気づけようとする優里佳。

秋実は、後ろを振り返る。優里佳は、秋実を見て——それから目を逸《そ》らした。

並んで座るが、秋実も優里佳も無言だった。ペットボトルをぶつけることもしない。ただ、黙って時間を過ごしている。

勝った時の昂揚《こうよう》は、潮が引くように失われていた。代わりに胸を満たすのは、何か言葉にできない苦み。

勝って、こんな気持ちになるのは初めてだった。「こんなことして、本当に良かったのかな」。優里佳の投げかけてきた問いが、ずっと頭の中で木霊している。

「あの、ね」

木霊に、違う響きが混じった。隣の優里佳が、口を開いたのだ。

「なに」

返事をして、自分でもはっとする。想像以上に、つっけんどんな返事になってしまった。そんなつもりは、なかったのに。その、はずなのに。

小さく、優里佳が息を呑む。そして続けるつもりだったのだろうなにがしかの言葉も呑み込み、膝を抱えて顔を伏せる。

「言いたいことがあるなら、はっきり言いなよ」

どうしてなのだろう。ひどく苛立《いらだ》つ。何に対しての苛立ちかもはっきりしない。優里佳の態度なのか、あるいは優里佳にそんな態度を取らせている自分なのか。

「ごめん」

鼻にかかったような、涙声のような声で、優里佳が言った。いや、本当に泣いているのかもしれない。

「ごめん。こんなことを、言いたくないんだけど」

優里佳は顔を上げない。こちらを見ない。ただ、言葉だけを膝の間から漏らしてくる。

「ごめん、ごめんね。もう一緒に、バドミントン、できないかも」

何か、とても決定的な一言を。

「ちょっと、何言ってんのよ」

思わず、秋実は優里佳の肩を掴んだ。色々――特に「今日」は――辛《つら》く当たったりもしたが、ここまでのことはしたことがなかった。言われた言葉を、どうしても信じられなかったのだ。

「ごめんっ」

優里佳の反応も、また初めてのものだった。強く、振り払ってきたのだ。

「いたっ――」

思わず、声が出る。それくらいに、優里佳の腕には力がこもっていた。

優里佳が、目を見開く。自分のしたことに、心底衝撃を受けているかのような、そんな表情だ。

「ごめ、ごめん」

うわごとのようにそう繰り返すと、優里佳はバッグとラケットを持って立ち上がる。

「ちょっと、優里佳」

「ごめん！」

ただその言葉だけを残して、優里佳はどこへともなく走り去っていった。

呼び戻さないと。次の試合がもうすぐあるのだ。ようやく辿《たど》り着いた準々決勝だ。仲違《なかたが》いしている場合ではない。

しかし、秋実は動けなかった。「ごめん」。優里佳が繰り返した言葉が辺りに残響し、秋実を縛り付けているのだ。

何度も、優里佳は謝っていた。今回だけではない。いつからか、試合が終わるなり優里佳は秋実に謝ってばかりいるようになった。

いつから、なのだろう。どんな時も、優里佳は秋実のいいところを見つけて褒めてくれていたのに。いつから、こうなってしまったのか。

『練習、一緒にやろ？』

――バドミントン部で、最初に話しかけてくれたのが、優里佳だった。

秋実は中学時代、バスケットボール部に入っていた。秋実はやる気満々だったが、他の部員たちは揃って不熱心だった。練習はいい加減、試合は適当。興味のあることと言えば、コイバナか誰かの陰口。要するにくっちゃべってばかりいた。

フラストレーションを溜《た》めていた秋実は、ある日の試合の後でそれを爆発させてしまった。大半の部員が、その爆風で吹き飛ばされて退部した。ぎりぎり試合ができる程度の人数は残ったが、チームワークが生まれるはずも無く、遂《つい》にまともな試合を戦うことはできなかった。

だから、秋実は高校でバドミントンを選んだ。個人戦があるからだ。誰にも邪魔されず、自分の力をぶつけられる。そういう意味では別にテニスでもよかったのだが、スピード感溢《あふ》れる試合展開がより魅力的に感じられ、秋実はバドミントンを選んだ。

『まあまあ、そうつれなくしないで。仲良くやろうよ』

そういうわけで、最初のうちは優里佳の存在がとても鬱陶《うっとう》しかった。露骨に迷惑だという態度を見せたこともあったが、優里佳はしつこくくっついてきて、いつの間にやら秋実の気持ちも軟化し親しく付き合うようになった。

『だからさあ、それじゃ分からないって』

ダブルスのペアも組むようになったが、滑り出しは順調ではなかった。高校から始めた秋実と、小さい頃からやっていて経験は十分だが説明が下手な優里佳が嚙み合うようになるには、相当な時間を要した。

『大丈夫、大丈夫。良くなってるから。秋実ちゃん、いい感じだよ。きっと次は今回よりも上手《うま》くいくよ』

続いたのは、ひとえに優里佳の前向きさが理由だった。優里佳に上手くいくといわれると、そんな気になってしまうのだ。

『そういやさ』

一度、秋実は聞いたことがあった。とある日、普通に部活が終わった後の、どうということもない帰り道でのことだ。

『何で優里佳って、わたしにあんなにくっついてきたの』

何となく、しかしずっと気になっていたことである。考えても、よく分からなかった。あの時の――多分今も――自分は特に仲良くなりたいと誰かに思ってもらえるような人間ではない。どうして、やたらと近づこうとしてきたのか。

『そうだなあ』

うーんとしばし考え込んだ。優里佳の長考はいつ果てるともなく続き、二人が別れるところまで来てもまだ答えが出なかった。

一旦《いったん》戻ろう、その途中で思いつくかもしれないなどと時間の無駄かつ訳の分からないことを言い出すので、また明日《あした》以降でもいいと言ったところ、優里佳は遂に観念したように言った。

『わたしね、分からないの』

ぽかんとする秋実を見て、優里佳は慌てて言い募る。

『何でか、分からないの。分からないけど、仲良くできるかなって思ったの。だから――』

優里佳の言葉は、途中で止まった。秋実が、笑い出したからだ。

『ちょっと、なんで笑うのよ』

『いやまあ、何となく？』

『何となくでそんなに笑わないでしょ。もー、意地悪だなあ』

珍しく、優里佳がむくれる。秋実は理由を説明しようとしかけて、やはりやめた。少し、恥ずかしかったのだ。

多分秋実と優里佳は、理由とか理屈とか、そういうものではないところで繋《つな》がれる関係なのだ。言葉で言えない何かが、あるのだ。

それが分かった途端、おかしくて仕方なくなったのである。理由じゃない、理屈じゃないと言えばいいだけなのに。普段のようにフィーリングで話せばいいのに、必死で説明しようとする優里佳が、何だかとても好ましくて、笑ってしまったのだ。

『もう、何だかわたしまで面白くなってきちゃった』

優里佳まで笑い出す。二人は、バカみたいにしばらく笑い合った。秋実と優里佳が、『アキユリ』になった瞬間だった。


――なぜ、最初に負けた時悔しかったのか。それは自分のせいで負けたからだと思っていたが、本当は少し違う。優里佳と一緒に勝ちたかったのに、自分のせいで負けたからだ。優里佳を、負けさせてしまったからだ。

なのに、勝てても優里佳と喜び合うことをしなくなっていた。いつからか、勝つことだけを考え、彼女さえもその道具のように考えていた。勝ちたくて、勝ちたくて、他の何かを犠牲にしてしまったのだ。多分、勝つよりも、ずっとずっと大事なことを。

――相手を、よく見る。店長の話が甦《よみがえ》る。先ほど戦った、あの二人の姿と共に。彼女たちは、負けてもなお支え合っていた。二人の間には、確かな絆《きずな》があった。勝ち負けを超えたところにある、繋がりがあった。優里佳の言った通り、秋実はやってはいけないことをしてしまった。こんなことになってようやく気づいた。あまりに、遅すぎたけれど。

時間を、戻そう。秋実は決意した。もう一度、最初に。こんなことになってしまう、その前に戻ろう。

秋実は時間をセットする。そしてひげを引っ張ろうとしたところで、これまでにない異変が起こった。時計が、にゃあんと鳴いたのだ。

――時計がにゃあんと鳴いたら気をつけろ。それが、最後の一回ということだ。

店長の言葉が、再び脳裏に響く。

『最後の一回で、小娘はこの時計のお直しにまつわることを全て忘れる。それまでやり直した記憶も元に戻る。よくよく考えることだ』

全てを忘れる。猫庵のことを、店長のことを、あの青年のことを忘れる。美味《おい》しかったお菓子やお茶のことも、スランプの脱し方も、そして優里佳にしてしまったことも――全て忘れる。全てが、元の木阿弥《もくあみ》になってしまうのだ。力を悪用して、勝てない相手に無理やり勝った、闘争というものの神聖さを汚した、罰なのだろうか。

「ど、どうしよう」

辺りを見回す。スランプになってもいい。ただ一つだけ、絶対に忘れたくないことがある。

ボールペンが、落ちていた。頭の部分が、キジトラの顔になっているものだ。無我夢中で拾い上げる。

どこかに書き付けないと。ボールペンを握ったまま、秋実は必死で考える。忘れたくないことを、書き付けるのに相応《ふさわ》しい場所。それは——


「大丈夫、秋実ちゃん」

優里佳が、心配そうに声を掛けてくる。

「ああ、うん」

試合会場である市立体育館の前で、秋実は立ち尽くしていた。中に入る勇気が、どうにも出せなかったのだ。

時計に目をやる。ぐずぐずしている時間は、もう——

「——ん？」

ふと。腕時計以外のものが、秋実の目に入った。

それは、文字。

「——っ」

手の甲に書き付けられた、ある言葉だ。

「秋実ちゃん、どうしたの！」

優里佳がくわっと目を見開き、ぐわっと詰め寄ってくる。その上、肩を摑《つか》んでぶんぶん揺さぶってくる。

「どう、したんだろ」

自分でも分からない。ただ何か、とても切ないような、辛《つら》いような、申し訳ないような、不思議な感情で心がいっぱいになったのだ。

「もしかして、スランプのこと？　それなら気にしなくていいから。勝ったって負けたって——」

何か言いかけて、ふと優里佳は秋実の手首——腕時計に目を留める。

「あれ？　時計、何か変わってない？　ていうか手に書いてる？　あー、さてはわたしの真似だね」

ぐいっと顔を寄せ、手の甲の文字を読み、

「あ、れ？」

今度は、優里佳も涙を流し始めた。

「どうしたんだろ？　変だよね？」

動転しながら何度も拭《ぬぐ》うが、雫《しずく》はとめどなく彼女の瞳《ひとみ》からこぼれ落ちていく。訳も分からず、二人で泣き続ける。周囲の人々は一様に怪しみ、同じ学校の部員たちが慌てふためいている。

秋実は、再び手の甲に目をやった。

『優里佳と一緒に勝ちたい！』

刻みつける、というとまるで入れ墨のようだが、本当にそれくらい物凄《ものすご》い筆圧で書き付けられている。これだけは、どうしても、何があっても消えないでくれという思いを感じる。

字は、自分のものだ。しかし、書いた覚えはない。となると不気味に感じそうなものなのだが、そういうこともなかった。ただ、胸が不思議な感じに揺さぶられるのだ。不思議な感じに、しかし激しく。

顔を上げて、優里佳を見る。優里佳は周りの部員たちに「大丈夫！　大丈夫なんだけど止まらないの！　わたしどうして泣いてるんだろう！」などと必死に訴えかけている。

優里佳が、秋実の方を見てくる。

「そういえば、前も似たようなことあったね」

「似てないけど――似てるかな」

いつだったか、部活の帰り道に二人でやたらと笑い合ったことがあった。今度は泣いているので、普通に考えると正反対なわけだが、しかし確かに似ているかもしれない。言葉にできない何かを感じて、心が通じ合っているという、一番根本の部分で。

「頑張ろうね」

自然に、そんなことが言えた。

「うん」

優里佳が、頷《うなず》き返してくる。

スランプが、改善されたかどうかは分からない。しかし、心はすっと軽くなった。ただ勝つことだけではない何かを目指して、試合へと挑める。そんな自信を秋実は感じていた。


「いた、いたた」

よろよろとした足取りで、店長が店に戻ってきた。

「どこ行ってたんですか？」

カウンターの中から、青年が訊《たず》ねる。

「あふたぁふぉろぉも怠りない、ということだ」

店長はそう答えて、一本のボールペンをカウンターに転がした。そして、そのままぱったりと敷いてあった布団に倒れる。

「依怙贔屓《えこひいき》じゃないんですか」

「まだ若者だ、少しくらいはいいだろう。若者が失敗をやり直せないようでは、まさしく世も末というものだ」

もそもそ言いながら、店長は掛け布団を被《かぶ》る。

「このボールペンには、どんな力があるんですか？」

青年が、ボールペンを手にして訊ねた。頭の部分が、キジトラの猫になったペンだ。よく見ると、ボディの部分に肉球マークが押してある。

「このペンで記したものは時を越える」

「時を越える？」

青年が、首を傾げる。

「でも、基本店長マークっていつかは消えますよね。それが時を越えるって矛盾してませんか？　不死身のミンミンゼミみたいな違和感があります」

「店長まぁくではない。庵主《あんしゅ》の落款だ」

苦々しげに訂正してから、店長は寝返りを打った。

「確かにいつかは消える。そうあるべきだ。永遠など、気軽にあって良いものではない」

その言葉に滲《にじ》み出るのは、哀しみにも似た何かと。

「しかし。形としては失われるとしても。今のこの瞬間、誰かの心に何かが生まれたという事実は、消えぬ。わしは、そう信じたい」

祈りにも似た、何か。

青年は何も言わず、ボールペンを握る。そして、メモ用紙をカウンターの下から取り出し、さらさらと猫の絵を描いた。ぽてっとした体型の猫は、アンニュイな表情で頬杖《ほおづえ》をついていた。

三章　心が見える？　猫の尻尾眼鏡

教師になって、一年と二ヶ月と二十五日。鈴井《すずい》和正《かずまさ》には悩みがある。

それは、巷《ちまた》で問題提起されている過重な勤務でもなければ、人間関係でトラブルを抱えているわけでもない。健康面の不安はないし、経済的に困窮しているということもない（債務やローンも背負っていない）。内外の社会情勢に様々に懸念を抱いてはいるが、日々の暮らしに支障が出るほど思い詰めているわけではない。

では、悩みとはなにか。

「みんな、今日も元気か」

担当しているクラスの生徒の心を摑むことが、さっぱりできないのだ。

「先生は昨日、録画していたM―1グランプリの動画を見ていたんだ。ずっと忙しくて、最近ようやく見ることができたんだ」

その日の朝学活で、和正はちょっとした小話を始めた。小話といえど、手は抜いていない。生徒たちが好きそうな話題を選んでいる。

「そうしたら、どのネタも面白くてな。笑い転げてしまったよ」

反応は、ほぼなかった。たとえば最前列右から二番目の神島瑠那《かみしまるな》は机に突っ伏して動かない。窓際の列、前から三番目の関根章児《せきねしょうじ》は窓の外を眺めたままだ。

「あとは、そうだな」

挫《くじ》けずに、もう一つ用意していた話を披露する。

「SNSで面白いツイートが流れてきて、あまりの面白さに思わずリツイートしてしまったよ」

やはり、反応はゼロに近かった。最後列一番左の大竹亜祢瑠《おおたけアーネル》は机の下に手を入れた格好で俯《うつむ》いていて（間違いなくスマートフォンを触っている）、左から二番目、前から四番目の矢島美保《やじまみほ》は教科書を立てて隠すといった工作さえせずキングダムの二十三巻を読んでいる。

「まあ、そういうわけだな」

敗北の味を噛《か》み締めながら、和正は話を終わらせた。今日もまた、失敗だ。

——鼻に掛けるつもりは毛頭ないが、学校での成績はずっと良好だった。大学では成績優秀者に授与される奨学金を受け取り、それを元にカナダに留学もした。

最新の教育理論を学んだし、子供の心理についても単位を取っている。準備は完璧《かんぺき》のはずだった。だというのに、目の前の生徒たちをこちらに向かせることさえできない。

「そりゃあまあ、生徒の気持ちになることですよ」

職員室で隣の席である化学教師・榊文夫《さかきふみお》は、そんなことを言った。教師になって最初の年、和正は彼のクラスの副担任を務め、様々なことを学んだ。言わばメンターとか師匠のような存在である。

「生徒の気持ち」

和正は、考え込んだ。高校生気分になれということだろうか。和正が高校生だったのは約六年前のことで、ヴィヴィッドにその時の感情を呼び起こすのは難しい。

「鈴井先生、頭で考えすぎなんですよ」

榊が、更に言う。

「頭で考えすぎ」

頭以外のどこで考えればいいのだろうか。脊髄《せきずい》だろうか。しかしそれは思考ではなく反射である。

「まあ、最初の内は誰でも悩むもんです。気をもう少し、軽く持って。まだまだこれからですよ」

榊は、そう励ましてくれた。

榊の言葉はもっともである。まだ担任を受け持って、数ヶ月だ。いきなり何もかもが上手くいくということもあるまい——そう考えてもみるのだが、マインドセットを切り替えることはままならなかった。

二十数年に及ぶ人生を、振り返ってみる。和正は行く手に立ち塞《ふさ》がる試練や関門を、常に正しい目標設定と適切な努力でクリアしてきた。クリアできない問題があるとすれば、それは目標の立て方か努力の仕方が間違っているということになる。

クラスの生徒たちと親密な関係を結ぼうというのが、誤りなのだろうか。あるいは、生徒たちを面白がらせることへの取り組み方に、改善点があるのだろうか。中々、問題が切り分けられない。

「難しいものだ」

和正の呟《つぶや》きが、夕暮れ時の廊下に静かに響く。脇を見ると、そこには校庭に面した窓があった。綺麗《きれい》に掃除されていて、顔がはっきりと映る。眼鏡に短い髪、厳しい目付きにむっと引き結ばれた口元。冬の校庭を背景にした和正の顔は、我ながら無愛想の極みだった。マジメガネくん。鈴井センセイ。銀行員。Kazumasa《カズマサ》 The Square《真面目王》。鈴井氏——ついたあだ名の数々からも推測できる通り、和正は実に面白みのない人間である。

ちなみに鈴井氏というのは、教育実習の時につけられたあだ名だ。他の実習生がくん付けとかちゃん付けとかで呼ばれている中、一人だけ改まった敬称である。どんな評価を受けていたかは、推して知るべしというものだ。

自信がなくなる。担任を始めてからというもの、和正はしばしばこういう気分になることがあった。心の芯《しん》が溶けていってしまうかのような、無力感。何もない夜の砂漠を一人で歩いているかのような、孤独感――

「――いかんいかん」

和正は我に返った。今は今で、やるべきことがある。和正は、姿勢を正し歩き始めた。

ところで、なぜ和正は夕暮れの学校を一人で歩き回っているのか。それは、鍵《かぎ》の見回り当番だからだ。

現代の中学校では、公立私立を問わずセキュリティは警備会社の機械警備に任せるのが一般的だ。昔のように、先生が宿直として泊まり込むことはまずない。

機械警備は、鍵が開いているところがあると作動しない。そのため、教師や事務員が確認して回るのだ。

一つ一つ、しっかりチェックする。ついでに、残っている生徒がいないかも確認していく。用もないのに、わざわざ学校に残っている生徒がいるとも考えにくいが――

「――む?」

気のせいか、物音が聞こえた。複数の話し声だ。おそらくは生徒のものではない。低く太い男性のものである。

不審者か。和正は、すかさず警察への通報を準備する。

いつでも電話をかけられるようにして、声のする方へ近づく。他の教師の可能性も考えたが、声に聞き覚えはない。何かの業者がこの時間帯に来ているという話も聞いていない。極めて不審だ。

声がするのは、廊下の一番端、階段の手前。教具室という名前の空き教室である。少子化に伴う生徒数の減少で余り、物置のようなスペースになっている。

教具室には、明かりがついていた。ますます不審である。教具室は、特別な理由がない限り施錠している。中から話し声がしたり、照明が点灯されていたりするはずがない。

傍まで近づくと、身を伏せて中の様子に耳をそばだててみる。

「――ではないか。これだから犬っころは――」

「何を――そっちこそ――」

何やら、言い争っているようである。そっと中の様子を窺《うかが》おうとするが、扉や窓のガラス部分にはカーテンか何かがかけられていて見えなくなっている。これまた怪しい。

ここまで怪しいなら、通報すべきではないだろうか。和正はそう考えたが、少しして考え直す。この学校で放課後に実施される作業について、全て知っているわけではない。もし通報して、結果ただの保全作業でしたなどということになったら問題である。

慎重に検討を重ね、和正は決意する。自分で確認しよう。もし相手が不審者であった場合、何らかの暴力的な手段に訴えてくる可能性もあるが、その時は速やかに対処すればいい。逃げるのだ。

そっと引き戸に手をかけ、少し動かしてみる——開いた。

深呼吸を一度、二度。学校の安全を守る決意を固め、そして引き戸を一気に全開にする。

「誰だっ」

機先を制するべく、大声で怒鳴る。

「猫庵《にゃあん》の庵主《あんしゅ》じゃ」

答えてきたのは、猫だった。

「犬庵《わあん》の庵主である」

そして、犬だった。

教具室の中は、なぜか洒落《しゃれ》たデザインの空間となっていた。カウンターがあり、カウンターの中の壁には棚がとりつけられている。カウンターの反対側はテーブル席となっていた。カフェか和風レストランか、といった雰囲気である。

「お主、若そうだが教師か」

カウンターの向こうから、猫が言った。茶色と黒の縞《しま》模様。丸々とした体つき。ふてぶてしい面構え。いかにもみんなに餌をもらって丸々と太った地域猫のようだが、

「見たところ、そんな雰囲気がある。どうだ、当たりだろう」

この通り人間の言葉を話すので、猫ではない。猫は人語を操らない。

「おそらくは、社会科を担当しているに違いない」

和正の隣の席で、犬が言った。体格は猫とどっこいどっこい。真っ黒の毛並みに、瞳《ひとみ》の上だけ丸い眉《まゆ》のような模様。いかにも健やかな黒柴《くろしば》のようだが、

「教えているのは中学校だな。偉そうなだけの猫はそこまで分かっておらんかっただろうが、わしの鼻はそこまで嗅《か》ぎ分けている」

この通り人間の言葉を話すので、犬ではない。犬は人語を操らない。

「な、何を言う。勿論《もちろん》そこまでお見通しだったわ」

「ふん。強がりを言うな」

猫と犬がわあわあと言い合う。

「わたしは過労状態にあるのだろうか」

和正は、そう自問した。猫と犬が、カウンターを挟んで人間の言葉で言い争っている。どう考えても幻覚である。ちなみに、猫と犬が言った通り和正は中学校の社会科教諭だが、それをよく分からない根拠で正しく言い当てていることもおかしい。やはり幻覚だ。

「見た感じでは、大丈夫のようだが」

「疲れすぎている人間からは独特の匂いがするものだが、お主からはそれを感じぬ。心配は要らないだろう」

自分に問うたのに、猫と犬が答えてくる。

「幻覚に健康を保証されても仕方ない」

答えてから、しまったと後悔する。幻覚の類《たぐい》と「話す」のは好ましいことではない。相手の「存在」をより確かなものとして認識してしまうからだ。自分にとっての――自分にとってだけの事実となってしまう。そうなってしまっては、もう学校の先生などやっていられない。別の先生のお世話になる必要がある。

「幻覚ではない。ほれ、感触があるだろう」

猫がカウンターの向こうから身を乗り出し、和正の額に肉球を押しつけてくる。むぎゅ、とした弾力的な感触が伝わってくる。

「今猫の肉球で顔を突かれたような感覚がしたからといって、目の前の光景が現実であるという証拠にはならない」

何らかの理由で視覚や聴覚に異常が生じ、あり得ない光景を見たり声を聞いたりすることがあるなら、触覚に異常が生じて触られてもいないのに猫に触られたかのように感じることもあるだろう。

「論理的だな。理屈っぽいとも言えるが」

犬が偉そうに評してくる。

「悪いことではない。それだけ理知的だということだ。——せめて童《わっぱ》がおれば説得がしやすいのだが。上野《うえの》さんの手伝いに行かせるのは、また今度にすればよかったか」

猫は、困ったように頬杖《ほおづえ》をついた。

「しかし、理知的なだけでは教師は務まるまい。相手は子供だぞ。理屈とは関係ないところで考え悩み行動し失敗する連中ではないか。論理だけで理解させることができれば苦労はない」

犬の言葉が、和正の胸にぐさりと突き刺さる。

「そんなことは——」

分かっている、と反論しかけて。口をつぐむ。また、まともにやり取りしてしまうところだった。

「まあまあ、そう熱くなるな」

しかし、もう遅かった。猫がにんまりと笑う。

「何をそんなに悩んでいるのだ。話してみい。猫の手を、貸してやろうぞ」

「だから、思わずリツイートしてしまったよ」

用意した話を披露してみたところ、反応は最悪だった。

「なんだそれは」

犬は啞然《あぜん》とし、

「いや、まだ続きがあるのだろう」

猫はフォローしてくる。

「ここまでだ」

和正がそう告げると、二匹の顔から表情が消えた。

「おい猫、これは中々の難物だぞ」

「うむ。そのようだな」

最初は喧嘩《けんか》ばかりしていた二匹なのだが、何やら協力的になっている。連帯して当たらねばならないほど、和正のつまらなさは深刻なのだろうか。実にショッキングだ。

「まず聞くが、その一連の話は一体何だ。何を考えてそんな話をした」

しばし考えてから、猫が聞いてきた。

「面白かったことを、共有してはどうだと言われたのだ」

先輩教師・榊のアドバイスの一つである。同じ目線で面白がれるものがあれば、互いに親しみを持てるようになると言われたのだ。

「やり方の問題だな」

猫が、うーむと腕を組んだ。

「ただ面白かった事実を共有しても、面白くはない。どう面白かったか、伝えなければならないのだ」

和正は愕然《がくぜん》とした。猫に話がつまらないとダメ出しされたことにではない。猫のダメ出しに、何一つ言い返せないということにだ。

「その通りだ。加えて言うなら、お笑いの話で聞き手を面白がらせるのは、簡単なようで実は難しい。多少なりとも、ネタのおかしみをその場で再現しないといけないからだ」

犬も、うむうむと頷《うなず》く。これまた、反論できない。

「それは、まさか」

反論できないが、彼が何を言おうとしているのかは予想がついたのだ。

「うむ。面白い話をする人間というのは、面白い話を知っている人間ではない。面白く話せる人間ということなのだ」

それは、聞きようによってはとても残酷な一言だった。

「――なるほど」

肩を落とす。面白い話ができない人間は、面白くないままだということらしい。

生徒たちに親しみを持ってもらう、という目標は取り下げねばならないのかもしれない。

やはり和正のような人間は、校則を振りかざし内申書を振り回し恐れられ敬遠されるような、そんな教師がお似合いなのだろうか。

別に、嫌なわけではない。みんながみんな仲良しこよしというわけにもいくまい。あいつはうるさいから大人しくしよう、と生徒たちに思わせる教師も必要だろう。その役割が向いているというのなら、喜んで担うべきだ。

しかし、和正には夢があった。ああなりたい、という目標があった。それをそう簡単に捨てることが、どうしてもできないのだ――

「なに、無理に面白くある必要はない」

悩む和正を、猫が励ましてきた。

「愉快でひょうきんな人間が人気者になるのは、確かにそうだ。しかし、人に好かれる人間がみな愉快でひょうきんなわけではない。お主のような堅物《かたぶつ》にも、堅物なりの魅力というものがある。そしてそれは、面白い人間の面白さと何ら変わるものではない。ようは、向き不向きの問題だ」

猫が、ぽむぽむと和正の肩を叩《たた》いてくる。

「とはいえ、堅物が好かれるようになるのはそれはそれで難しいことだが。――時にお主、その眼鏡は長く使っておるのか」

猫が、何やら聞いてきた。

「ああ。学生の頃からこの眼鏡だ」

大学に入って数ヶ月した頃、買い替えたものだ。フレームもレンズも、耐久性が優れたものを選んだ。おかげで、何年使っても壊れる様子もない。

「ここはものを直す場所だと称しているようだが、世話になることはないぞ。壊れていないのだからな」

お直し処猫庵、なる店らしいが（表外読みどころではない読み方で全く読めなかった）、この眼鏡には無縁である。

「うむ。そうではあるのだが」

猫は、もごもごと口ごもる。何か、言いにくいことでもあるようだ。

「ふふ、ふふふ」

一方で、何やら犬が含み笑いを始めた。

「なんだ。どういうことだ」

和正が戸惑っていると、犬がニヤリと笑う。

「ようは、向き不向きの問題だ。ここは、お手入れ処犬庵の出番だということだろう。出張お手入れだ」

歯を剝《む》き出すような笑い方であり、犬がそれをやると獰猛《どうもう》な印象になりそうなものだが、不思議と好ましく感じられた。

「眼鏡は、長い時間文字通り身につけるものだ」

犬は、テーブルの一つを動かし、それを作業台とした。和正はその向かいに座り、お手入れの仕上がりを待つ。

「ゆえに、使い続ければどうしても古びてくる。使っている者からすれば毎日のことでわからぬがな」

犬はまず作業台の上に何か袋を置き、その中からペンチのような工具や細いドライバーを取り出した。

「毎日鏡で顔を見ていても、いつどの瞬間で皺《しわ》ができたとか染みができたとかは中々気づくまい。それと同じことだ」

言いながら、犬はペンチのような工具で調整し始めた。裸眼の視力は〇・一以下なのでよく見えないが、その手付きはおおよそ犬のものとは思えないほどに滑らかだ。この犬は、喋《しゃべ》るだけではなく眼鏡の手入れまでできるらしい。

「ふん」

和正の隣で、猫が鼻を鳴らした。随分と不満げな様子である。

「ところで、お主。社会科の教師だったたな。試みに聞くが、徳島県について知っているか」

猫が、和正に話しかけてきた。

「四国《しこく》の東南部に位置する県だ。人口は七十万人ほど。特産品のすだちや、伝統芸能の阿《あ》波踊《わおど》りがよく知られている」

和正がすらすらと答えると、猫は感心したように頷いた。

「ふむ。人口までしっかり覚えているか。では、滝の焼餅《やきもち》についてはどうだ」

「――滝の、焼餅？」

聞いたことのない言葉である。どういう意味なのだろう。そういう名前の何かが徳島県に存在するのか。それとも、棚からぼた餅のような諺《ことわざ》なのか。

「少し待っておれ」

猫は、カウンターの向こうへ歩いて行った。何やらがさごそと漁《あさ》る音や、チンという電子レンジの音も聞こえてくる。

「さて、準備ができたぞ」

やがて、猫はお盆に何かを載せて戻ってきた。湯気を立てる湯呑《ゆの》みが三つと、何かが沢山盛られた皿だ。

「仕方ないから犬っころにも茶を出してやる。感謝しろ」

犬にいちいち悪態をついたりしつつ全員分の湯呑みを並べると、猫はテーブルの真ん中に皿を置いた。

盛られているのは、丸く薄い形をしたものだった。色は白、黒、緑の三種。表面には何やら模様が付けられている。目を細めて見ると、どうやら菊の模様のようだ。

「これが、滝の焼餅だ。徳島伝統のお菓子である」

店長が、説明してくれた。

「徳島城が築かれた際、その祝いに献上されたという由来がある品だ。保存料などが入っておらず日持ちしないので、本来徳島を訪れないと食べることは難しい。しかし我が猫庵には優秀な仕入れ業者がいてな、和田乃屋《わだのや》さんという店のものを仕入れてくれた」

そう言って、ふふんと店長は胸を張る。

「やれやれ。上野さんがやってくれたことを、自分の手柄の如く語りおって」

犬が、ははんと鼻を鳴らした。

——どうやら、この猫庵なる店は上野さんなる仕入れ業者と取引しているらしい。猫やら犬やらが店にたむろしていることや、上野という名前から考え合わせると、正体はパンダか何かかもしれない。そこまで想像して、和正は失笑する。ははっ。さすがに安直すぎるだろう。

「一番美味《うま》いのは焼きたてだが、れんじでちんしても中々いける。ほれ、食うてみい」

店長が、すすめてくる。致し方ないので、和正は黒いものを手に取った。

「ほほう、胡麻《ごま》風味から選ぶか」

店長が、興味深そうに頷く。

「——っ」

一口、食べてみて。驚いた。実に、美味《おい》しいのだ。

まず、くわえた瞬間に胡麻の味わいがぱっと広がる。見た目は薄いが、胡麻らしいぷつぷつした触感が確かな歯ごたえをもたらす。更に薄く挟み込まれた餡子《あんこ》が、確かな甘味を醸し出す。そしてこの三つをメインに、焼餅が持っているであろう味わいが土台となって、トータルの「滝の焼餅」がはじき出されるのだ。

さらに驚くのが、それまでの味わいとはまた異なる後味が、さながらアンコールの如く「滝の焼餅」を締めくくって吹き抜けていくところである。

繰り返しになるが、餅は薄い。しかし、その薄さからは想像もつかないほどに何層もの味わいが構築されている。見た目は薄くとも、お菓子としての厚みが圧倒的である。

「ほかのものも食うてみい」

店長が言う。早速和正はそれに従った。

まずは緑色のもの。これは抹茶味だ。強烈に苦いとかそういうことはなく、お菓子の範《はん》疇《ちゅう》に収まっている。しかしその佇《たたず》まいは、単に「抹茶の風味を足してみました」というような次元のものではなかった。抹茶の「味」が、滝の焼餅という基礎とがっちり嚙《か》み合って、一つの完成形を導き出している。焼餅というだけあって、時折焼いたような風味が鼻を抜けるのだが（レンジで温めたことも関係しているのかもしれない）、それもまたアクセントになっている。

最後は、白いものである。おそらくは、特殊なフレーバーのないプレーンなタイプ、ということになるのだろう。

食べてみて、その優しさに和正は驚いた。胡麻や抹茶の個性は、すべてこのふわりとした味わいが支えていたのだ。

「どれも、うまいな」

きっと献上された殿様は、これを食べて微笑んだことだろう。――今の、和正のように。

「ふふ、意外と自然な笑い方ができるのだな」

感心したように、犬が言う。

「実際、滝の焼餅は美味いのだ」

そう言うと、店長は胡麻味のものを食べた。

「うむ、実に素晴らしい。これは無限に食べられてしまう。五個出たら五個食べてしまうし、十個出されたら十個食べてしまうな」

目を細め、店長はにこにこと笑顔になる。

「わしの分も置いておけよ。――さて、あとは綺麗《きれい》にせねばな。水を借りるぞ」

犬は袋からたらいとメガネクロスを出すと、たらいを持ってカウンターの向こうへ行った。たらいは結構に大きいもので、袋のサイズと辻褄《つじつま》が合っていないように思える。犬なのに、未来の猫型ロボットの腹についているポケットを彷彿《ほうふつ》とさせるものを持っている。

「なんだ、超音波洗浄機を使えばよいではないか」

猫が、疑問を呈した。果たして疑問を呈すべきはそこなのだろうか。

「何を言う。全てわしの手でやってこそ、犬庵のお手入れだ。機械に任せたとしたら、それは機械がお手入れしただけのこと。犬庵のお手入れとは言えぬ」

すると、犬はカウンターの向こうから顔を出して反論する。

「やれやれ。町工場のオヤジかこやつは」

猫が、呆《あき》れたように言った。

「何とでも言うがよいわ」

水の入ったたらいを抱えて、犬がカウンターの向こうから戻ってきた。テーブルの上にたらいを置き、眼鏡の水洗いを始める。

「時に。お主、これを食べてみて徳島をどう思った」

猫が、和正に聞いてくる。

「徳島について、か」

ゆっくり、考えてみる。

「印象が、変わったな」

滝の焼餅の味は、徳島県という地域に新たなイメージをもたらした。

「なんだか、親しみのようなものを感じる」

嘘偽りのない、気持ちだった。味覚を通して知った徳島県は、覚えただけの知識とは違って何だか少し身近に感じられた。勿論《もちろん》、滝の焼餅が徳島県の持つあらゆる要素を象徴しているわけではないだろう。しかし、こんなにおいしいお菓子がある地というのは、きっと他にもたくさん素敵なところがあるのだろうと思えたのだ。

「うむ。よく知るということが、親しむことの第一歩だ」

店長が頷《うなず》く。

「たとえば土産というのも、本来はそういうものだ。土地で産したものを贈り、こちらのことを知ってもらい親しみを持ってもらうわけだな」

「なるほど」

「とりあえず、猫庵土産はその眼鏡だな」

店長が、犬の方を見る。

「実質、犬庵のものだがな」

犬は、メガネクロスで眼鏡を丁寧に拭《ふ》いていた。最後の仕上げらしい。

「そうはいかぬぞ」

いきなりそんなことを言うと、店長はテーブルの上に飛び乗り、眼鏡に自分の前足の肉球を押しつけた。

「ぬう、卑怯《ひきよう》な」

不意をつかれたらしい犬庵が、悔しそうに呻《うめ》く。何事かと思った瞬間、眼鏡に驚きの異変が生まれた。

「そ、それは一体」

思わず声を上げてしまう。それも致し方ないことだろう。眼鏡のつるの部分が、突然猫の毛並みと同じ縞《しま》模様になったのだ。まるで、レンズから尻尾《しっぽ》が二本生えているかのようである。つるの後ろの部分には肉球のマークがついていて、さらに猫っぽさがアップしている。

「大事にするがよいぞ。ずいぶんと面白いでざいんに仕上がったではないか」

店長は、自慢げに言った。

そうは言われても、困ってしまう。つまらない人間の和正が眼鏡だけ面白くしても、単にちぐはぐになるように思える。言ってみれば「痛い」だけではないだろうか。

「大船に乗ったつもりでおれ」

だというのに、猫は自信満々にそう言った。

「その眼鏡が、きっとお主にひんとをもたらしてくれよう。とりあえず、かけてみい」

促され、和正は眼鏡をかけてみる。

「これ、は」

そして、息をのんだ。信じられないほどに、視界がクリアなのだ。そして、装着感もよい。まるで、別物のようだ。

「どうだ。これが犬庵のお手入れである」

犬が、得意げにふふんと鼻を鳴らした。


礼を言い、和正は猫庵を後にした。

扉を開けて猫庵から出ると、そこは学校の廊下だった。後ろを振り返ると――教具室である。埃《ほこり》の積もった床。色褪《いろあ》せた机と椅子。猫もいなければ、犬もいない。ただひたすらに静かで、時が止まったような空間。

やはり、自分が見ていたのは幻なのだろうか。自分の面白くなさに思い悩むあまり、面白おかしい生き物たちを妄想してしまったのではないだろうか。

――いや、違う。和正は、眼鏡を外した。耐久性のみを優先した面白味のない眼鏡は、耳にかける部分が猫のしっぽに変化していた。

眼鏡をかけ直してみる。視界は、驚くくらいクリアだった。まるで、熟練の職人にお手入れしてもらったかのように。

——幻ではないのかもしれない。あの猫庵なる奇妙な空間は、確かに存在しているのかもしれない。

スマートフォンを取り出し、滝の焼餅《やきもち》について調べてみる。出てくる情報、画像、すべて猫庵で見聞きし食べたものの通りである。間違いなく、このお菓子について和正は知らなかった。これもまた、あの空間が実在するのではないかという見方を補強する。やはり、自分は猫庵に行ったのではないだろうか。

「——いかん、いかん」

気になって仕方ないが、そのことばかり考えているわけにもいかない。きっちり鍵《かぎ》の見回りをしないと、警備会社から確認の連絡が来てしまう。猫庵のことばかり考えていても、にゃんともならない。

今のダジャレは面白いだろうか——そんなことを思いながら、和正は見回りを続ける。

「——む」

再び和正は足を止めた。今度は、さすがに教具室からおじさんの声がするとかそういうことではない。

「そこにいるのは、関根か」

居残っている生徒の姿を見つけたのだ。和正の受け持つクラスの生徒、関根章児である。

「げっ」

関根は呻き、露骨にいやそうな顔をする。

「げっ、ではない。こんな時間までなにをしている。とっくに下校の時間だぞ」

すらすらと出てくる叱責《しっせき》の言葉に、内心辟易《へきえき》する。なるほど堅物である。榊ならば、冗談の一つでもいって場を和ませつつ、どうにか解決していくだろう。「にゃんともならない」くらいのことしか言えない和正には、土台無理な相談だ。

「ほうって、おいてください」

関根は、反抗的な態度をとってきた。

「なに」

和正は目を見張った。なにも、昭和の教師のように鉄拳《てっけん》制裁するべく威嚇しているわけではない。単に驚いたのだ。

関根章児について思い起こす。今は端に座っていて、よくぼんやり窓の外を見ている。部活はやっておらず、成績はほどほど。両親は共働きで、一人っ子。特に目立つ生徒ではなく、むしろ生活態度は真面目な方に属する。そんな彼が担任に口答えするなど、想像もしていなかった。

「すいません」

続いて、関根はすぐに謝ってきた。

「なに」

和正は再び目を見張った。反抗した直後に謝るとはどういうことなのか。逆らうのか逆らわないのか、どっちなのだ。

和正は、改めて関根を見やる。関根は、校舎三階の廊下から窓の外を眺めていたようだった。傍らには鞄《かばん》。体調は良で精神状態は低調らしい。

「――なに？」

和正は目をしばたたかせた。何だか、普段よりも関根について詳しい情報が視覚的に入手できている。

「こ、これはいったい」

眼鏡である。眼鏡のレンズに、関根のステータスが表記されている。映画やアニメの人工知能の視界のような感じだ。

猫の、ふてぶてしい笑い顔が甦《よみがえ》ってくる。あの猫は、人の眼鏡に怪しげな細工をしたらしい。

様々な情報が眼鏡に浮かぶ。ひときわ目立つのが、心理状態が「疑念・疑惑」らしいことだ。和正の言動が奇妙で、何かを疑っているに違いない。

「いやまあ、なんでもない」

とりあえず、和正は誤魔化した。「猫の店で犬にお手入れしてもらって猫っぽいデザインになった眼鏡に、お前の諸々《もろもろ》のステータスが表示されているのだ」と説明したいところだが、まさか信じられるはずもない。

「とにかくだ。もうとうに下校時間は過ぎているぞ。さっさと帰れ」

心理状態が「不快・不満」に変化した。なぜだ。下校時間を過ぎていることを指摘しただけで、なぜにうっとうしがられなければならないのだ。

ふてくされた顔で、関根は窓の外を見る。心理状態は、「不快」と「面倒」を行き来しながら、やがて「不安・恐怖」へと移ろい始めた。

どうも最初は内心で反発してみたものの、後から「厳しく叱責されるのではないか」などと怖くなり始めているのだろう。となると、ふてくされたような顔は強がりか。

少し考えて、和正はやりすぎでない程度に強い声を出してみた。

「いい加減にしないか」

びくり、と。関根はすくみ上がって和正の方を向いてきた。想像を遥《はる》かに上回る反応に、和正も仰天してしまう。生徒を叱って、ここまで怖がられたのは初めてだ。

「まあ、いい」

そして、ついそんなことを言ってしまった。なにがいいのかさっぱりである。

「はい」

だが、関根は大人しく返事をしてきた。眼鏡によると、心理状態は「消沈」らしい。

どうやら、この眼鏡に表示されているのは本当に関根の――関根に関する各種情報のようだ。これさえあれば、生徒の心を覗《のぞ》き放題。好かれるも操るも思うがままだ。などと和正は喜ぶような人間ではない。教え子の心を勝手に覗くとは、なんと下世話な道具だろうか。あの猫は、実は悪魔とか悪鬼羅刹《らせつ》とかそういうたぐいの存在かもしれない。親切面して、和正を悪の道に引きずり込み堕落させようという魂胆だったのではないか。

和正が眼鏡をかなぐり捨てて、裸眼（視力〇・一以下　乱視入り）で関根と向き合おうとしたところで、関根が、頭を下げてきた。

「すいません」

画面には、心理状態・慚愧《ざんき》と表示されていた。それだけなら、心の底から反省しているだけだと考えられる。しかし、見捨てておけぬ単語が小さく表示されていた。悩み、と。和正も悩む。眼鏡に手をかけたまま、逡巡《しゅんじゅん》する。心を盗み見るなど、言語道断だ。しかし、もしかしたら、今こうして目の前で悩んでいるらしい関根の力になれるかもしれない。今までの和正なら、そもそも気づいてさえいなかった。

ならば、いや、しかし。和正がなおも苦悩していると、眼鏡の表示に変化が生じた。怯《おび》えに変移している。和正が考え込んでいるのを、怒りで言葉を失っているみたいな感じで誤解しているようだ。

「何か悩みがあるのか。先生でよければ、相談に乗るぞ」

ええいどうにでもなれ、という気持ちで和正は切り出した。

「悩み、は」

関根が、露骨に目をそらす。一方で、眼鏡に信頼度が表示された。AからEの五段階評価でD。分かってはいるが、実に厳しい評価である。数値化されると余計にダメージが大きい。

「話せば楽になることもある。先生でよければ聞くぞ」

ありきたりの言い回しである。しかし、効果は目覚ましいものがあった。信頼度が、Cに上昇したのだ。

和正は、今までにない手ごたえを感じた。なんだ、やればできるじゃないか。

猫の言葉を思い出す。堅物には堅物なりの魅力というものがある、という風なことを猫は言っていたが、こういうことだったのかもしれない。

「実は、その」

もごもごと、関根が口ごもる。ためらいやら、羞恥《しゅうち》やら、衝動やら、緊張やら、様々な感情が次々と浮かんでは消え消えては浮かぶ。思春期の少年の心に渦巻く感情は、かくも複雑でめまぐるしく激しいものらしい。

「失恋して、しまって」

やがて、関根はそんなことを言った。傷心や苦悩、嫉妬《しっと》、羞恥、後悔——辛《つら》そうな感情で溢《あふ》れ返っている。

「なるほど」

和正は、深々と頷《うなず》いて見せた。いかにも、中学生によくあることだ。ここは人生の先輩として、しっかりしたアドバイスをしてあげよう。

「学生の本分は学業だ。そのつらさを糧に、しっかり学業に打ち込むんだ」

信頼度が変化し、Kと表示された。おかしい。AからEの五段階評価のはずなのに、なぜKなのだ。

「僕、帰ります。先生さようなら」

小学校の終礼みたいな挨拶《あいさつ》を残して、関根はすたすた歩き始めた。

「待て、待つんだ」

慌てて和正は関根を呼び止めた。関根は立ち止まり、振り返ってくる。よほどのことがない限り、教師に待てと言われて待たない生徒はいない。問題はここからだ。

「まあ、そうだな。辛かったな」

信頼度に変化はない。上っ面で適当な言葉だと見透かされているのだろう。和正は焦る。心配しているのは本当なのだ。生徒の力になってやりたいとも思っている。一体、どうやったらそれが伝わるのだろう。

──知るということが、親しむことの第一歩だ。ふと、店長の言葉を思い出す。

「先生も、よく悩む」

　和正は、改めて話し出した。

「なんだかんだ言って、まだ二十半ばだ。お前たちと十くらいしか変わらん。日々困難に突き当たっては、苦しい気持ちになる」

　関根の心理が、疑念や困惑を行き来する。和正の言いたいことがよくわからない様子だ。

「わたしが悩んでいるから、なんなのだと思うかもしれない。別に、わたしの悩みを関根に聞いてくれとか、そういうことではない。わたしもまた人間で、よく悩む。だから、悩んでいて辛い気持ちはよく分かる、ということなのだ」

　関根が、傾聴へと変化した。なるほど、根は人の話を聞く真面目な性格なのだ。普段教室でぼーっとしていたのは、きっと恋愛でいっぱいいっぱいになっていたからなのだろう。

「別に、何から何まで話せとは言わない。伏せたいことは伏せていい。ただ、聞いてやりたいんだ。こんな時間までこんなところで一人でいたということは、他に話せる相手がいないということなのだろう」

　そこまで言ったところで、信頼度はDに戻った。ようやく元の水準に回復したようだ。

「実は」

　そして、なんと関根は悩みを話し始めた。少々腑《ふ》に落ちない展開である。最初の段階でも信頼度Dだったが、その時は悩んでいることさえ隠そうとしていた。どうして、今になっていきなり話し始めているのか。さっきのDと今回のDに違いはあるのか。

「好きな人に告白したんです」

などと当惑しているうちにも、話がどんどん進んでいく。慌てて、和正は話に集中する。

「今は恋愛する感じじゃないから、って断られて。でも仲良くしてほしいな、関根くんのこと友達としてほんとに好きだから——みたいにいわれて。だからいつか振り向いてもらおうと思ったんだけど、実はもう他校の上級生と付き合ってたんです。デートしてるとこ、友達が見つけて」

「なんと不誠実な！」

和正は憤った。それはつまり、自分は付き合う相手がいるにもかかわらず、他の男にもいい顔をして関係を維持しようとしたということではないか。断じて許せぬ。

「ふ、ふふ」

和正は衝撃を受けた。なぜ関根は笑うのだ。

「いや、だって。『不誠実な！』って。めっちゃマジ顔で」

関根はおかしくて仕方ないといった様子で笑う。どうやら、和正の怒る姿やタイミングがよほど珍妙だったらしい。怒ってみせただけで面白がられるならもう少し怒りまくってもいいのだが、多分そういうことでもないだろう。

「で、僕はその時——余裕ぶったんです。別に、ちょっと顔がいいからいいなーとか思っただけだし、みたいな感じで」

関根が、話を戻す。一度笑ったせいか、少し舌も滑らかになったようだ。

「でも、本当はショックだったんです。もうすげーショックで。なんか、結構学校の帰りとかに制服デートして、くっついてた、とかも、聞いて」

関根の顔が、はっきりわかるほどに赤くなる。先ほど、嫉妬の感情が混じっていたのを思い出す。それは、確かに辛かろう。

「なるほどな」

色々と納得がいく感じである。同じD判定の信頼度でも話したくなったこと。それは、もう辛い思いが溢れそうで、今まさに限界が来てしまったのだ。だから、最初話すつもりでもなかった相手に話してしまったに違いない。

「そんな、感じです」

言い切ってから、ふと関根が居心地の悪そうな素振りを見せた。

「なに、大丈夫だ。誰にも話さん。士業のような守秘義務があるわけではないが、今の話を言いふらすのは倫理的に問題があるだろう」

そう言うと、関根は目をぱちくりさせた。

「なんていうか、先生って先生らしくないですね。官僚――ううん違うな、なんかこう、『あなたに脱税の疑いがあります』とか言う仕事の人」

税務調査官のようだ、と言いたいのだろう。まあ、中学生でこの言葉を知っていたらそれはそれでおかしい。

「先生、なんで教師になんてなったんですか？」

関根が、不思議そうに聞いてくる。

「わたしが、教職を目指した理由か」

ふむと考え込む。それは教室でも話したことがない。

「別に面白くないぞ」

和正は首を傾げる。話が面白くない人間の個人的な話である。余計に面白くないことくらい分かり切っている。

「聞いてみたいです」

関根が笑いながら言う。まあ、興味を持たれて悪い気はしない。和正は昔話を始めることにした。

「先生は、国語が――特に現代文が苦手でな。漢字は覚えられる。読解もできた。ただ問題は、小説だった。とにかく散文的というか、表面的な理解しかできなかったのだ。そこで中学時代、ある先生に教えを請いに行ったことがある」

点数はしっかり取れていた。学校の現国には現国の点の取り方というものがあるのだ。しかし、これでいいのかという思いがあった。

他の科目は、しっかり理解すべき部分を理解した自信があった。しかし、現代文は違った。特に小説だ。登場人物の気持ちや問題文で描写されている状況を合理的に推測して答案に書くことはできるが、それだけだった。はたして、それできっちり理解しているといえるのか――

「その時点で妙な面白さがあります」

始まったばかりのところで、関根が言ってきた。

「妙な面白さとはなんだ。妙なのか面白いのかきっちり判別してくれないか」

「今の言い回しとかですね」

関根は和正に真面目に答える気がないのだろうか。そこはかとない不満を抱きつつ、和正は話を再開する。

――悩みに悩んだ末、和正は一人の男性教諭の元を訪れた。国語を教えていて、また図書室で司書教諭をやってもいる人だった。

彼は、和正の悩みを聞いてくれた。そして、放課後図書室で様々な小説を題材に「本の読み方」を教えてくれた。ライトノベルや漫画のノベライズから古典文学や詩歌まで、取り上げられる書籍はとても幅広かった。

急に何もかもが分かったわけではなかった。あまりに表面的な解釈を繰り返しては、笑われることもあった。しかし、徐々に効果は出てきた。少しずつ、和正は小説が「読める」ようになった。書かれている内容を自分なりに咀嚼《そしやく》し、自分なりの言葉で思いを語れるようになったのだ。

「その時、教師とは素晴らしい仕事だと思ったのだ。もしそこで先生に出会っていなければ、現代の学校に小説の読み方を教える授業などいらん、と主張する側に回っていたかもしれん」

「へえ、そうなんですね」

関根は、真面目な顔で最後まで聞いてくれた。

「僕もあんまり小説とか読まないんですけど、楽しそうですね」

「ああ」

和正は頷く。実際、楽しい時間だった。とても大切な思い出である。

「ところで先生。図書室って言うと女の子がいますよね。ほら、文学少女みたいな子が」

「ん？　女の子、か？」

ふられたばかりで何を、と呆《あき》れつつ——実を言うといなかったわけではない。

先生と一緒になって、本の話につきあってくれた女の子がいた。関根のイメージする文学少女ではなくその対極で、図書委員とソフトボール部の部長を兼任しているような女子生徒だった。朗らかな活発さと豊かな感受性が煌《きら》めいていた。自分にないものをすべて持っているように見えて、まぶしく思えたものだ――

「さては、いたんですね」

関根がにやにやする。

「おほん」

和正は、わざとらしく咳払《せきばら》いした。この話はここまでである。実際特に続きはない。先生は今も現役で教えているし、女子生徒も――今もきっとどこかで元気にしているだろう。

「先生、その。ありがとうございました」

急に、関根が礼を言ってくる。和正は驚いた。信頼度は――うまく、いったのだろうか。彼の悩みを、少しは軽くしてあげられたのだろうか。信頼度は――表示されていない。

驚いて眼鏡をとってみる。眼鏡は、不思議な模様のままだが、一番端についていた肉球マークが消えていた。おそらく、あの不思議な力を失ったのだろう。それはつまり、いつの間にか、和正は関根と眼鏡の力なしで話していたということになる。自分に、そんなことができるなんて。

「え、何ですかその眼鏡」

関根が、素《す》っ頓狂《とんきょう》な声を上げる。中学生男子が面白いものを見つけた時に出す、上ずり裏返りかけたあの声だ。

「先生がそんなかわいい眼鏡とかマジ受けるんですけど。すいません、写真を撮っていいですか」

「待て。撮ってよくはないし、そもそも今取り出したそのスマートフォンはなんだ。スマートフォンは学校では鞄《かばん》の中に入れて、そこから出してはだめだと言っているだろう」

和正は撮影を厳しく禁じ、スマートフォンを没収した。


結果から言うと、この禁止は全く効力を発揮しなかった。次の日にはクラスの生徒の誰かが和正の眼鏡を撮影し、クラスや学年の垣根を超えて拡散された。和正には猫眼鏡先生という新しいあだ名がつき、ちょいちょい話しかけられるようになった。

榊には「やったじゃないですか!」と背中を叩かれた。

「これで、色々変わってきますよ」

榊が言う。そういわれると、少し期待してしまう。新しい教師生活が、始まりそうだ
――

「そうだな。世界各国のドキュメンタリーに、日本語字幕をつけたものが気軽にみられるのはありがたい」

かと思うと、そこまでのものでもなかった。やっぱり和正の話はたいして受けないなあというのが実際のところだった。

「この前は喜劇王のチャップリンとFBIの間にあった対立にスポットライトを当てた番組で、大変興味深かった。ドラマのおかげでFBIに対して我々は漠然と正義の味方という印象を持っているが、実際のところは必ずしもそういうわけでもない」

突っ伏していた神島瑠那が頬杖《ほおづえ》を突くようになったり、ずっと机の下を見ている大竹亜祢瑠が時折顔を上げるようになったくらいだ。矢島美保のキングダムは三十五巻まで進んでいる。

しかし、変わったといえば随分変わった。雰囲気が、少しだけだが、確かに近くなった。

窓際の関根は、文庫本を開いている。とある現代の作家の恋愛小説を薦めてみたのだが、ああして読んでくれている。小説を読む習慣がないらしく、時間がかかっているらしいが、楽しく読んでいるようだ。読み終わったら感想を聞かせてもらおうと、和正は思っている。

四章　姿が消える、店長とお揃い柄のストール

視線。街は視線で溢《あふ》れている。

宮地《みやち》貴音《たかね》は深呼吸し、ストールの位置を直した。大丈夫。自分は見られていない。その事実をしっかり認知して、行動しよう。

目は人の顔についているとは限らない。スマホカメラ。監視カメラ。車載カメラ。いつでも、どこかに、何かが。

大丈夫。自分は見張られていない。その事実を、しっかり認知して、行動しよう。

街は足音で溢れている。前から、右から、後ろから。

大丈夫。自分はつけられていない。その事実をしっかり認知して、行動、しないと。


『謝れよ』


急に、限界が来た。

貴音は弾《はじ》かれたように走り出す。

周囲の人々が向けてくる、怪訝《けげん》そうな視線、迷惑そうな声。あるいは、周囲の人々の存在そのもの。自分以外の他者に取り囲まれているということそれ自体が、貴音の心を滅茶《めちゃ》苦茶に振り回す。

走る、走る、逃げる。もういないはずの、何かから。貴音への接近を禁止された、誰かから。ただ、逃げる。

物陰に隠れ、スマートフォンをバッグから取り出す。メッセージアプリで、親友に助けを求めるメッセージを送る。

『ごめん』

『やっぱりなっちゃった』

『やめておけばよかった』

返事はない。既読もつかない。緑色の吹き出し――自分のメッセージで、画面が埋め尽くされていく。通話ボタンを押す。呼び出し中の文字と相手のアイコンが表示される。

相手が応答し、通話時間を表記する数字が出てくるのを待つ――だが出て来ない。スマートフォンをしまい、また駆け出す。

行き先？　全く分からない。どうすればいいのかも見当がつかない。貴音の中で、何かが荒れ狂っている。気持ちとも、感情とも違う、もっと痛く烈しく苦しいもの。

目の前に扉が現れた。止まることができず、貴音は無我夢中で引き開ける。

「大丈夫か？」

中にいた猫が、そう訊《たず》ねてくる。

「わ、わたっ」

説明しようとして、失敗した。体が勝手に息を吸おうとする。しかし体の中まで届かない。過呼吸になりかけているのだ。落ち着かなくてはいけない。それが分かっているのに、てんで体がいうことをきかない。

貴音はその場にしゃがみ込む。こういう時にすべきことは分かっている。トレーニングもしている。だというのに、いざとなると何もできない。

「大丈夫、大丈夫だ」

猫が、肉球で貴音の顔を挟んでむぎゅむぎゅしてくる。柔らかく弾力のある感触、ほんのり伝わってくる温《ぬく》もり。

「そこの椅子に座って、前屈《まえかが》みになるのだ。そう、頭が膝《ひざ》の間に入るくらいに」

言われた通りにしていると、ふさふさの感触――尻尾《しっぽ》が、額を撫《な》でてくる。猫という生き物の持つ優しさが、激しく乱れる貴音の心を少しずつ鎮めていく。

「どうだ、落ち着いたか？」

どれほど経ったか。猫が聞いてきた。低く野太い声で、丸々と太った外見と妙に調和している。

「はい」

それに対して、貴音は頷《うなず》き返す。事実、随分パニックは収まっていた。

「童《わっぱ》、外を見て参れ」

猫が、誰かに命じる。

「はい」

それに答えるのは、同じく男性だ。猫とは対照的に、随分と若々しい雰囲気の声である。

辺りを見回す。ようやく、周囲に目を向けるだけの心理的な余裕が生まれたのだ。カウンター、テーブル席、和傘。どうやら、どこかのお店か何かに飛び込んでしまったらしい。何の店かはよく分からないが、とりあえず猫がいる。その猫は人間の言葉で話し、ぷにぷに肉球とふさふさの尻尾でこちらの気持ちを落ち着けてくれた。

「いや、猫って」

いくらなんでも現実離れしている。慌てて立ち上がろうとし、

「──あっ」

貴音はよろめく。まだ、急に動くことができるほどに回復はしていなかったようだ。

「無理をするでない」

そう言って、猫が椅子に座り直させてくれた。

「怪しげな人影はありませんでした」

外から、青年が戻ってきた。ほっそりとしていて、ずんぐりむっくり丸々とした感じの猫とは、対照的な雰囲気だ。

「安心するといい。猫庵《にゃあん》は安全だ。庵主《あんしゅ》であるわしが保証しよう」

そう言って、猫が微笑みかけてきた。

「さあ、それではもてなしてやるとするか」

――ここは猫庵なる「お直し処」で、猫はそこの庵主。青年は猫の弟子で、師匠で庵主なのに猫のことを店長と呼んでいる。大体、そういうことらしい。

どうにもこうにも不思議というか、信じがたい。夢でも見ているのではないか、という感じだが、触らせてもらった店長の毛並みのもふもふした感じはあまりにリアルだった。

それに、この店に飛び込む直前のあの感じ、あの苦しさは――

「ううん」

――ダメだ。良くない方向に向かいかけた意識を、どうにか引き戻す。

「ちょっと店長、今日はフィギュアの録画を見るって約束ですよ」

「いいや。今日はしぃえすでやっている海外のお宝発掘番組を見るのだ。上野《うえの》さんによると、何やら面白い品が出るらしい」

青年と店長は、テレビのチャンネル権を巡ってわいわいと話していた。店長がカウンターの中にいて、青年はカウンター席に座るという形だ。

「大体、録画したものならいつ観てもよいではないか」

「よくないです。今日のフリーまでに、昨日のショートプログラムを消化しておかないとダメなんです。結果のニュースも見ないようにしてるのに」

二人の言い合いを、貴音は入り口近くから眺める。とても仲が良さそうで、微笑ましい。気持ちをなんとかコントロールできるのも、この店や彼らが醸し出しているのんびりした空気のおかげだろうか——なんてことを思う。

貴音はバッグからスマートフォンを取り出し、メッセージアプリを開いた。貴音の親友はというと、まだ貴音の連絡に気づいていない様子だった。

もう大丈夫だよ、と一言入れておく。今のままにしておくと、余計な心配を掛けてしまいそうだ。

「その番組も、何回もリピート放送あるやつじゃないですか。別に急いで見なくたっていいでしょう」

「見る前に上野さんが来てしまったら何とする。『まだ見てないの。遅れてるぅ』みたいに言われてしまうではないか」

店長と青年の応酬が白熱する。邪魔しないように気を遣いつつ、貴音は店の中を見て回ることにした。センスのいいコーディネートに、興味を惹《ひ》かれたのだ。

カウンターやテーブル席など基本的な部分は洋式なのだが、和傘やテーブル席の間仕切りなど、ここぞというところで強い和のイメージを喚起させるアイテムが使用されており、

「俺」という名前に相応《ふさわ》しい雰囲気で纏《まと》め上げられている。一貫したコンセプト――あるいは統一感があるのだ。

このまま、例としてインテリア情報誌や月刊の建築誌に掲載してもいいくらいである。

仕事柄、色々なお店を訪れたり部屋を見たりすることが多かったので断言できる――ここまで素敵なお店も中々ない。

「ああ、そうだ」

いつ果てるともないチャンネル権争いの最中《さなか》で、ふと青年が言った。

「ちょっと話変わりますけど、この前入ったアレ、使ってみてもいいですか?」

「葦《あし》の焼き菓子盛り合わせか? 使うとはどういうことだ」

青年の言葉に、店長が夕焼け色をした目をしばたたかせる。

「ちょっと思いついたんですよ。ちょっと行ってきますね」

言って、青年は奥の扉から出て行く。

「何なのだ、一体」

不思議そうに店長は首を傾げた。耳が、時折ぴくぴくと動く。

「これをですね」

少ししてから、青年は何かカゴを持って戻ってきた。

カゴはそれほど大きくない。透明の袋をかぶせ、両端をリボンでくくっている。カゴ本体には花柄のナプキンを敷き、造花もあしらわれていた。

カゴに入っているのは、色とりどりの焼き菓子である。どれも円い形をしていて、個包装されている。

「こうしてみたら、どうですか？」

青年はお菓子を入れたカゴを、まるでインテリア用の小物の如く、テーブルの上に配置した。

「あ、いいですね」

思わず、貴音は反応してしまう。素晴らしい。これは名案だ。

「ありがとうございます」

青年が、えへへと笑った。

「テーブルの上、何か置きたいなあとずっと思ってたんですけど、中々しっくり来るものがなくて。そしたら丁度、仕入れ業者の人がこのお菓子を持ってきて下さったんです」

青年は、お菓子について説明する。

「葦さんっていうお店のお菓子なんですけど、とっても可愛らしくって。何だか、飾りにもぴったりかなって」

「だと思います」

貴音はうんと頷いた。

「このお店って、そこの棚もふくめて統一感があるじゃないですか。つまりひとりのセンスに基づいてデザインされてる雰囲気なんですけど、そこに全然違う感性が足された感じになって」

変化としては、ごく僅《わず》かだ。しかし、効果は最大限である。テーブルとその周辺が、全く新しい空間として呼吸し始めている。

――呼吸。そんな何気ない言葉を想起した途端、突然貴音のスイッチが入った。

脈が、少し躓《つまず》いたような感覚。同時に芽生える、不安の芽。大丈夫、大丈夫。自分に言い聞かせようとするが、芽はすくすくと育ち始める。さっきはなんとか引き戻せたが、今回はダメだった。

息ができなくなるかもしれない。心臓が止まるかもしれない。現実にはありえないのに、頭から追い出せなくなる――

――ぱん、と。思わずびくりとするくらい明るい音がした。

「そうだ、このお菓子もう一セットあるんだった」

青年が、両手を顔の前で合わせたのだ。

「持ってきますね」

青年が、再び外へ出て行く。

「茶はわしが淹《い》れよう」

店長が言って、作業を始める。

不安の芽は、どこかへ行っていた。前触れのようなものがあった時には、気を逸《そ》らす――お医者さんにも言われていることだ。しかし、いざとなると中々できない。それを、青年が代わりにやってくれた。貴音の様子がおかしくなり始めたことに、気づいたのかもしれない。

やがて、いい匂いがふわりと漂ってきた。これは――りんごのものだろうか。匂いを嗅《か》いでいるうちに、全身に穏やかな感覚が広がっていく。この店に飛び込み、店長に肉球や尻尾で触られた時と似ている。ふうと息をつくと、貴音はテーブル席の椅子に腰掛けた。

「あっぷるてぃだ」

少し待っていると、店長がティーカップと受け皿をお盆に載せて持ってきてくれた。

「頂きます」

取っ手に猫のついたカップを手に取る。すると、カップの下になっていた部分に肉球のマークが描かれていることに気づいた。インテリアと同じく、この辺にもこだわりがある。

一口、すする。香りと味わいが、熱と共に染み渡っていく。確かにリンゴの風味があるが、甘ったるくはない。アップルジュースではなく、アップルティーなのだ。

「こちら、お菓子です」

続いて青年が、お菓子の入ったカゴを持って現れた。

「どうぞ」

青年は、リボンをほどいて袋を外し、カゴを貴音の前に置いてくれた。

「葦は湘南《しょうなん》の洋菓子店だ。地元では中々に有名だという。この詰め合わせなら、そうだな――湘南まどれぇぬを食べてみたらどうだ。ちょことめいぷるがあるが、どちらからでもよいぞ」

「分かりました」

包装を開けて、中身を手に取る。

マドレーヌは、円い貝の形をしていた。とても可愛らしくて、素敵な見た目だ。少しばかり浮き立つ気持ちで、食べてみる。

外側がサクサク、内側はふわふわ。食感は理想的な対比を描く。一口目からメイプル感を押し出してくる味わいは、しかしくどくなく軽やか。見た目の可愛らしさを裏切らず、しっかり内容も充実したマドレーヌである。

続いてチョコ味を食べてみる。こちらもまた印象は全然違う。チョコレートにキレがあるのだ。明確ではきはきした甘さは、テンポのいいお菓子体験を提供してくれる。

「どちらも、おいしいですね」

心からの言葉が出た。ただ食べるだけで、こんなに明るい気持ちになれるとは。

「ええ。包装時点で見て楽しくて、食べると美味《おい》しい、素敵なお菓子です」

青年の言葉に頷《うなず》くと、貴音は他の焼き菓子もいただいていく。

おいしいお菓子と、素敵なお店。流れていく、過ぎていく、緩やかな時間。

店長と青年の話に相槌《あいづち》を打ったり、時々加わったり。そうしているうちに、貴音は心の中で固結びになっていた何かが緩んでいくのを感じた。張り詰めていた、解《ほど》けなくなっていた心が、安らいでいく。

安らぐ、心。そうかと貴音は納得する。――そうか。今、自分は、安心しているのだ。

「あ」

理解した、その瞬間。頬が濡《ぬ》れた。貴音の瞳《ひとみ》から、涙が零《こぼ》れたのだ。

「話してみるか？」

店長が、優しく訊《たず》ねてくれた。

デザインの専門学校を出て、貴音は国内の家具メーカーに就職した。デザイナーとして採用されたのだが、いきなりタカネブランドの家具を沢山デザインするというわけにもいかず、徒弟とは言わないものの誰かの仕事を手伝うところからのスタートだった。

貴音は、自分でも勉強を欠かさなかった。仕事から学べることも、勿論《もちろん》沢山ある。だがそれだけだと、物足りなかったのだ。もっと、色々勉強したい。

あちこちに出かけて、色々なものを見た。仕事でも様々な部屋や店を訪れるのだが、仕事ではあまり関わらないようなところにプライベートで出かけた。そんなある日、出会ってしまったのだ。あの、男に。

「無理はせずともよいぞ」

たっぷり五分以上は待ってくれてから、店長はそう言った。すいません、と言おうとしたが、それも言葉にならない。あの男のことを話そうとすると、こうなってしまうのだ。淹れてもらった紅茶から、湯気が立っている。カップを手にしようとして、貴音はやめた。手が小刻みに震えているのだ。こういう時にものを持つと、ろくなことにならない。

「大丈夫ですか？」

テーブルの傍らに立っている青年が、気遣わしげに聞いてきた。頷いてはみたが、ちゃんとできたかは分からない。周囲から見ると、とても大丈夫には見えないだろう。実際、そうなのかもしれないが。

どれだけ時間が経ったか。少しずつ、気が落ち着き始めた。ティーカップを持ち、紅茶を口にすることもできた。紅茶は、冷めても美味しかった。

ようやく、周囲を見回す余裕が生まれた。青年と店長は、それぞれカウンターの中で作業していた。待たれていては、気が休まらないだろうと配慮してくれたのだ。

「あの」

貴音は、再び話そうと声をかけた。話し始めたことで、続けないといけないという慣性のような力が働き始めている。そのうちに、できるだけ話したい。


普通の人、というのが第一印象だった。

男は、サブカルチャー系の趣味の店舗を経営していた。その店舗を貴音が訪れたのが、知り合ったきっかけだった。

店の雰囲気は、意外なほどこざっぱりとしていた。貴音はもっとマニアックな感じを想像していたので、とても意外だった。

男も、同様だった。趣味の世界に生きる人間特有の独特な雰囲気が薄く、とても話しやすかった。その意外さが彼への興味につながり、その後も会うようになった。

食事、カラオケ、テーマパーク、夜景。お約束だけどそれだけに結構楽しかった流れを経て、付き合うようになった。何だかんだで一緒に住むようになり、そして——貴音は自分の過ちに気づかされることとなった。


「今なんて言った」

最初のきっかけは、具体的には覚えていない。前後の記憶が、ひどく曖昧《あいまい》なのだ。

「今なんて言った！」

多分、貴音の何気ない一言だった。男は人が変わったように逆上し、貴音に暴力を振るった。

その後男は、また元通りに優しくなった。もうしない、その言葉を信じて貴音は別れることを思い留《とど》まった。しかし、それからも暴力は続いた。

男が殴るのは、いつも怪我しても外から見えないところだった。女性を痛めつけて支配することに慣れている。薄々そう勘付きもしたが、もう遅かった。

行動するために必要な何かが、完全に萎縮《いしゅく》してしまったのだ。あるいは、壊れてしまったのかもしれなかった。相手を怒らせないように従う、自分が悪いのだと我慢する。それ以外の解決法を、取れなくなっていたのだ。

「俺を怒らせたのも殴らせたのはお前なんだ。悪いのはお前なんだから、絶対これ以上俺に迷惑を掛けるな」

　そんな命令も、大人しく受け入れていた。絶対怪我がバレないようにと、人目を気にし怯《おび》える日々が続いた。


　貴音のことを厳しく束縛する一方で、男は貴音以外の複数の女性と関係していた。

　仕事の関係上、女性と会うことも多いだけだ――などと男は言ったが、それが建前であることは明らかだった。男は店や店が主催するイベントに訪れる客の中から男性慣れしていない女性に目をつけては、手を出したり金を貢がせたりしていた。「趣味の世界」で店をやっているのも、その辺りが狙いなのかもしれなかった。

　普通、そういうことをしていればいつかは破綻《はたん》するものだ。しかし、男はある種の邪悪な才能があったらしく、店舗だけではなく女性関係もうまく「運営」した。

　貴音は、ただ自分を責めた。男に逆らえない以上、不満や苦痛や怒りをぶつける相手は自分しかいなかった。デザインは表面を飾る作業ではない、ものの本質を掘り出す営みだなんて志していたのに、人間の本性一つ見抜けなかったなんて。

　そうしているうちに、徐々に認識の辻褄《つじつま》がずれ始めた。今までのようにただ耐えるだけではなく、自分の状況を「前向き」に受け止めるようになったのだ。

　今くらいの暮らしが、丁度良いのだ。いつからか、そう思うようになった。自分が悪いのだから、怒られても仕方ない。殴られても仕方ない。贅沢《ぜいたく》を言ってはいけない。自分のような人間には、これでも十分幸せなのだ。

暴力は続いた。嫌な客が来たら不機嫌になり、後で貴音の言動をあら探しした上で暴力を振るった。貴音が物音を立てただけで、怒って殴ることもあった。

貴音がいなければいいのかというと、余計に怒り出した。男が話しかけた時、何かを必要としている時にすぐに応《こた》えられない時点で、暴力を振るわれた。要は、男を少しでもいらっとさせてしまった時点で、ダメなのだ。貴音は一日中どこにいても、必死で男の機嫌を窺《うかが》い続けた。

男はストレスが溜《た》まらず、日々健康そのものだった。一方貴音はその正反対だった。たとえ見えるところに暴力を振るわれなくても、悪い影響が着実に現れた。顔に、精神的な消耗が浮かび上がるようになったのだ。

それを誤魔化すために化粧が上手《うま》くなり、同僚や後輩にアドバイスするようにさえなった。その頃の貴音は、「素敵な彼ができるとうまくなる」などと冗談めかして笑っていたらしい。

永遠に続くかと思われた日々。突然劇的な変化をもたらしたのは、昔の友人との再会だだった。久々に会った専門学校時代の友人、南条実乃莉《なんじょうみのり》が、彼女をいつ果てるともない闇の中から救い出してくれたのだ――

貴音は、咳《せ》き込んだ。ただむせただけなのかと思いきや、中々に止まらない。

「少し、喋《しゃべ》りすぎたのではないか。何も一度に話す必要はない。日を改めてもよいのだぞ」

店長が、優しく言ってくれる。

「――その、迷惑でなければ」

どうにか呼吸を整えてから、貴音は懇願した。

「話させてください」

店長の瞳に、微《かす》かな迷いが生まれる。どうするか、決めかねているようだ。

「――分かった。もう少し、聞こう」

散々考えた上、店長は頷いた。

「ここは医者ではなく、お直し処だ。お直しはできても、医療はできぬ。問題があるとなったら、お主の意思に関わりなく止めるぞ。それでもいいいな？」

「はい」

決意して、再び貴音は口を開く。

実乃莉は、とても自由な女性だった。

大なり小なり型にはまりきらない人間が集まるデザイン系の専門学校でも、群を抜いて目立っていた。殊更に自分が変わり者だとアピールしたがる、「他とは違う自分が好き」なタイプではなく、立っている場所そこ自体が異なっていた。誰かと違っているかどうかが自分のあり方に影響しない、真の意味での独自性を持った、そんな存在だった。

試みにエピソードをいくつか挙げるなら――

在学中に、彼女の作品に目をつけたさる大手のデザイン事務所から、声がかかったことがあった。しかし「わたしはまだその水準に達していない」と言って相手にせず、勉強を続けた。

そこまでの実績がありながら、たまたま見かけた公立小学校の壁に貼ってある児童作品の「ゴミのポイ捨てをなくそう」みたいな啓蒙《けいもう》ポスターに衝撃を受け、「自分は才能がない」と本気で絵筆を折りかけた（一応デザインを仕事にした貴音の目から見ても、多分それは考えすぎだった）。

卒業直前に突然弾き語りに目覚め、プロミュージシャンを目指そうとした（音楽にあまり興味ない貴音からみても、彼女にその手の才能はなかった）。

夜中の四時に貴音のスマートフォンを鳴らしまくり、思いついたアイデアに関してまくし立てた挙げ句、次の日になって内容を完全に忘れて慌てて電話してきた（半分寝ながら聞いていた貴音の方が、よく覚えていた）。

貴音に本気で憧《あこが》れていた（本気という割に、どこにと聞いても明確な説明は得られなかった）。

これでまだ序の口なのだから、本当に変人な実乃莉なのであるが、一方で人を見る目はひどく鋭く、貴音の異変にもすぐ気づいた。

「あんた、おかしくない？」

再会を祝して、ということで入った居酒屋。実乃莉の言葉は店内のざわめきを突き抜け、貴音が一番隠そうとしていたところへといとも容易《たやす》く突き立った。

「え？　実乃莉がそれを言う？」

貴音ははぐらかそうとする。話題はいくらでもある。フリーランスで活動する実乃莉と、組織に入った貴音では仕事の内容も全然違うし、専門学校を卒業してからの生活だってまだほとんど話していない。だからいける、誤魔化せる——

「わたしがおかしいのは普通よ。だからいいの。あんたがおかしいのは普通じゃない。だから話して」

貴音の思惑を粉砕し、実乃莉は一気に乗り込んできた。

それでも、すぐに話せたわけではなかった。男が貴音の心に打ち込んだ杭《くい》はあまりに深く、もう貴音の心そのものと同化し始めていた。時に貴音は激怒し、男が貴音に使ったような言葉で実乃莉を罵倒《ばとう》することさえあった。

それでも実乃莉は辛抱強く貴音に寄り添い――彼女が自分の作品以外にここまで懸命になるのを見るのは初めてかもしれなかった――、ついに貴音は自分の置かれている状況を話すようになった。

「警察に言おう」

実乃莉はそう言ってきたが、貴音は首を横に振った。

「そんなことしたら、わたし彼に殺されちゃう」

すると実乃莉は深々と頷《うなず》き、新たな提案をしてきた。

「そいつのこと、殺そうか？」

目は真剣と言うよりも普通で、いたって真面目に考えていることが明白だった。

親友を殺人犯にするわけにはいかない。貴音はあちこち相談し、対策を整え、遂《つい》に行動へと移した。男の数々の行いは明るみに出され、男には法律に基づいて貴音への接近禁止命令が出された。貴音は、解放された。

しかし、すぐに切り替わるわけではなかった。重圧が外れた途端、動き方が分からなくなった。異常に重い枷《かせ》をつけて動くのが普通になっていて、そうでない時に何をすればいいのか分からなくなったのだ。異常な状態が普通になっていて、本来の「普通」がどうしても思い出せなくなっていた。

一番辛《つら》いのが、人の多いところへ行くことだった。どこかにあの男が潜んでいるのでは、と恐怖を感じてしまうのだ。人前でパニックになり、自己嫌悪でベッドから起き上がれなくなることもしばしばだった。

「人があまりいないとこへ行こう！」

実乃莉は、普通を思い出せるように力を尽くしてくれた。

「知床《しれとこ》とか！」

ただ発想が普通でないので、空回るどころか回転数を上げまくって台風みたいな気流を発生させることもしばしばだった。

今は知床に行くどころか寝床から出るのも難しい、と説明すると、

「分かった！」

今度は貴音のベッドの横に陣取って生活を始めたりした。横になった貴音をスケッチし、それを素材にしてアルファベットを作ったりした。貴音は自分の寝ている姿で綴《つづ》られたビ

ートルズのヘイ・ジュードの歌詞を見せられ、どうしていいか分からずとりあえず歌った。

勿論《もちろん》何もかもが実乃莉流だったというわけではなく、受けるべき治療やカウンセリングにも連れて行ってくれた。効果はゆっくりしたものだったけど、少しずつ出始めていた。

——けれでも。そうやってようやく取り戻し始めた「普通」は、いとも簡単に壊された。

数ヶ月後、貴音が新しく暮らしていた部屋の郵便受けに、何かが直接投げ込まれた。


「手紙でした」

体が、震える。封筒には、便箋《びんせん》が二枚入っていた。便箋には、綺麗《きれい》なボールペンの文字でメッセージが綴られていた。メッセージには、男の「想い」が込められていた。

「脅迫されたんですか」

青年が、気遣わしげに訊《たず》ねてくる。

「いいえ。むしろ、逆でした」

貴音は、俯《うつむ》いたままそう言った。貴音も初めは青年と同じことを考えて、すぐに手紙を開けなかった。何とか勇気を出して読んでみると、それは正反対のものだった。

「謝罪の手紙、でした」

いかに自分が愚かだったか、いかに反省しているか、そして——いかに貴音のことを大切に思っているか。

もし貴音がよければ、もう一度話し合わせて欲しいとも書かれていた。接近禁止命令期間中だから、誰かに知られると自分は捕まってしまうかもしれない。でも、どうしても謝りたいと。

『これが、僕の誠意です』

手紙は、そう締めくくられていた。

何度も読んで、貴音は決めた。決めてしまった。――もう一度だけ、彼のことを信じようと。どこかにいるのではと怯《おび》えるほどだったのに、浅はかにも決断してしまったのだ。

実乃莉にも、警察にも伝えなかった。手紙にもあった通り、会ったことが知られると彼が接近禁止命令違反で逮捕されかねなかったからだ。それに、もしもの時はすぐに通報すればいいなどという見通しもあった。ひどく、甘い見通しが。

「わたしも、悪かったんです」

言って、口に手を当てる。自己責任。この考え方が貴音を泥沼へと引きずり込み、男を利してきたのだという。世話になった弁護士にも、治療を受けている医師にも、そして実乃莉にも言われていることだ。なのに、中々変えられない。「本当に感じるべき者ほど口先だけで、本当は感じてはいけない人ほど背負ってしまう。責任っていうのはそういうもの」と、実乃莉はよく言う。

しかし、改めて振り返ってみると、やはり自分の愚かさが原因のように思えてならない。自分が悪いのだ、自分がもう少しでいいからまともな判断をしていたら。自分が、自分が――

「己を責めるな」

店長が言って、前足を差し出してくれた。つい、ぎゅっと力一杯握ってしまう。ふわふわした毛、むちむちとした肉の質感、しっかりした骨の握り心地、そして――柔らかくも弾力のある肉球の感触。

「大丈夫だ」

店長の声が、貴音の心を優しくくるむ。辛い過去に目を向ける意思を、もう一度呼び覚ましてくれる。

――手紙が来てから、一週間後。貴音は待ち合わせ場所として指定されていたファーストフード店に向かった。ターミナル駅の近くの、いつも混雑している店である。「何か乱暴したりどこかに閉じ込めたりするつもりではないから、人目の多いところを選んだ」と、男は手紙で説明していた。

「久しぶりだね」

貴音と会うと、男は笑顔を浮かべた。かつての、出会ったばかりの頃に見せていた、穏やかな笑みだ。

すぐに、自然に話せたわけではなかった。しかし少しずつ、話は繋《つな》がった。ぎこちなくとも、コミュニケーションらしいコミュニケーションが成立していった。

度々、男は反省を口にした。その眼差《まなざ》しには、真剣さと率直さがあった。そう、貴音は感じた。


「カラオケ、いかない？」

注文したセットが一通りなくなったところで、男はそう言ってきた。突然の持ちかけに、貴音は身を硬くする。二人だけの、狭い空間。どうしても、警戒せずにはいられない。

「ごめん。急すぎるよね。全然、行かなくていいから」

男は、すまなそうに目を伏せた。

「昔、付き合いだした頃、よくカラオケ行ったよね。あれが楽しくて、つい」

その時、貴音の脳裏に記憶が蘇《よみがえ》った。仲良く過ごしていた頃、楽しかった頃の思い出。灰色に塗り潰《つぶ》される前の、彼と過ごした日々――

「――少し、だけ」

その懐かしさが、貴音の口を動かす。

「少しだけ、なら」

ターミナル駅の近くには、カラオケボックスもある。混んでいそうなものだったが、男はアプリから手際よく部屋を予約した。

店に着いてからも、男の手際は良かった。諸々《もろもろ》の手続きを済ませ、部屋へと貴音を案内する。

テーブルの上には、ドリンクバーで入れたグラスが二つ。男はメロンソーダで、貴音はオレンジジュースだ。

『ニューシングル「十のコトバ。」を発表した、佐藤リアです』

画面の中では、一人の女性が喋《しゃべ》っていた。曲が入っていない間は、こういう映像が流れているものである。

『今回は、この曲をどういう思いっていうか、何を考えて書いたのかって話をします』

ふわふわとした豊かな茶髪に流行《はや》りのメイクの女の人だ。見た感じはファッショナブルだが、作詞作曲もする本格派シンガーソングライターみたいな感じだろうか。

「ああ、そうだ」

何か入れようと端末を手にしたところで、男が隣に座ってきた。

「スマホ、新しくしたよね。番号、教えてくれない？」

——ぞわり、と。寒気がした。

確かに、貴音はスマートフォンを変えた。機種も、キャリアも、番号も変えた。メッセージアプリのアカウントさえ、取り直した。それがなぜなのか分かっていないはずもないのに、随分と気軽に聞いてくる。

二人になった途端、距離を詰めてくるこの感じ。

平然と、断られることなど考えていないかのようなこの態度。

「ごめん」

飲み込まれる前に、貴音は全力を振り絞った。

「それは、ちょっと、まだ無理かも」

か細く、弱々しい声だけれど、何とか言葉にすることができた。

「そう」

ふうう、と。男は深々と息を吐いた。残念がっているのか、それとも——苛立《いらだ》っているのか。

「とりあえず、歌おう？　折角来たんだし」

確認するのが怖くて、貴音は無理やり話を変えようとする。

「いや、いや」

しかし、それは不可能だった。

「カラオケまで来ておいてさ、それはなくないか？」

淡々と、感情を感じさせない声。

「そんなに俺のことを拒否したいなら、ここまで来るなよ。希望持たせるなよ。どんだけ残酷な女なんだよお前は」

怒鳴ったり、声を荒らげたりすることもない。だが、瞬時にして、男は貴音の心の芯《しん》をへし折った。

「――」

何か言おうとしたけれど、言葉がでない。喉《のど》を、見えない手で締め上げられているかのよう。

『そうですね。やっぱり、気持ちってとても強いものだから、いつかはきっと届くと思うんです』

画面の中では、女の人が自分の歌に込めたメッセージについて語っている。

『それを応援したいって思って、この歌を作りました。十のコトバっていうのも、まあ歌を聴いてもらえば分かってもらえると思うんですけど、誰かを想う気持ちって素敵なものだから――』

その言葉の内容、画面の向こう側とこちら側が、悲惨な程に対照的だった。

「トッ、トイレ、行ってもいいかな」

ようやく、貴音はこの場から逃げ出そうとした。今日は帰る、とさえ言えなかったけれど、どうにか立ち上がることができた。

「待てよ」

——しかし。逃げることはできなかった。男が、腕を摑《つか》んできたのだ。

振り返り、男の目を見て。今度こそ、貴音は竦《すく》み上がる。

「責任取れよ。自分のやったことに。俺の心を踏みにじったことに！」

その目に宿る、憤怒に満ちた光。貴音を打ち据え、痛めつけていた時とまったく同じ——否、その時よりも苛烈《かれつ》な光。

「い、痛い」

振りほどこうとするが、できない。

「謝れよ」

男は、貴音を睨《にら》みつけて言う。心が萎縮《いしゅく》する。震え上がる。逆らえなくなる。逃れたい、どうなってもいいから、この恐ろしさから逃げ出したい。

「ご、ご——」

口から、謝罪の言葉がこぼれ落ちそうになったその時。

「なっ」

男が、目を見開いた。部屋の扉がいきなり開き、二人の警官が部屋に入ってきたのだ。

「なんだ、お前らっ」

貴音から手を離し、男は抵抗しようとする。決して小柄ではない男だったが、警官たちはいずれも屈強な体格を誇っていて、あっという間に取り押さえられてしまった。

「貴音！」

続いてそんな声が、部屋に響く。

「大丈夫？　何もされてない？」

実乃莉だった。

「よかった、本当によかった」

男が警察官に身柄を拘束される間、実乃莉はずっと貴音を抱いていてくれた。彼女の両目からはとめどなく涙が溢《あふ》れていた。それは、貴音が初めて見る実乃莉の涙だった。

――実乃莉はこの日、たまたま貴音の家の近くを通ったので訪れようとしていたのだという。すると貴音が外出するのを見かけたのだ。

何か変だと感じた実乃莉は、連絡を入れたりせず黙って跡をつけ、男とファーストフード店で会っているところを見つけた。

人目があるし、下手に騒ぎにすると貴音のトラウマを深くしてしまうかもしれない。そう思って様子を窺《うかが》っていたのだが、カラオケ店に移動したところで「人目のないところでもう一度貴音を支配しよう」という男の企《たくら》みに気付き、警察に通報し事情を説明。警官を連れて来てくれたのだ。

「ごめんなさい」

貴音は、謝った。自分のせいで、迷惑をかけてしまった。

「わたしが、ちゃんと話しておけば。自分一人で動かなければ。わたしが、わたしが――」

「いいよ、いいから。貴音は悪くない」

謝り続ける貴音に、実乃莉はあくまで優しかった。

「ああいう関係がずっと続くと、簡単には洗脳は抜けないものなんだよ。何でも好意的に解釈しすぎたり、怖くて逆らえなくなったりするんだ。だから、自分を責めることなんてないんだ」

そう言ってくれる実乃莉だが、何も返すことができない。

「わた、し――」

それでも何とか口を開こうとして、貴音はひどい悪寒を感じた。

原因は、男だった。男が、貴音を睨み据えていたのだ。屈強な警官たちに組み敷かれてなお、男の眼は死んでいなかった。瞳《ひとみ》を爛々《らんらん》と輝かせていたのは、狂気にも似た――執着。

男は逮捕され、貴音の前から姿を消した。——しかし、男の残した傷痕《きずあと》は消えることがなかった。

どこかに男がいるのではないか。どこかで自分を見ているのではないか。そんな恐怖が、貴音を更に強く摑んで放さなくなったのだ。以前よりも更に人混みが怖くなり、日常生活にも深刻な支障を来し始めた。

仕事を続けられなくなり、一人暮らしもできなくなって実家に帰った。実家の両親は貴音に寄り添い支えてくれたし、実乃莉もいつでも連絡を取ってくれたり会いに来てくれたりした。

時間が過ぎるにつれ、本当に僅《わず》かずつ、貴音の心は癒《い》やされていった。少なくとも自分では、そう思っていた。


「病院で治療を受けたり、同じ経験の人たちが集まる互助会に参加したりして、少し良くなってきて。それで一人で出かけてみたんです」

しかし、結果は惨憺《さんたん》たるものだった。ここまでのことになるとは思わなかった。

「主治医も、無理しないようにという条件付きで許可してくれました。本当は、実乃莉が見守ってくれる予定だったんですけど、急に来られなくなって。日を改めようと言ってくれたんですけど、彼女には仕事があるし」

そこまで言って、貴音は項垂《うなだ》れた。

「わたしと違って、実乃莉は働いてますから」

実乃莉のことが頭をよぎる。デザイナーとして——否、社会人としてつまずいてしまった貴音と違い、実乃莉は今も大活躍中だ。貴音のように、普通に生きることさえ満足にできない人間とは大違いなのである。その差が、何だかとても、情けない。

「なるほどな」

店長は深々と頷《うなず》いた。

「よく分かった。——では、そのすとーるを見せてもらってもよいか」

そして、唐突にそんなことを申し出てくる。

「え？」

貴音は戸惑った。一体、いきなり何事なのか。

「もしよろしければ、お願いします」

青年も、穏やかな表情でそう言ってくる。

「——分かりました」

どういうことなのかはさっぱり謎だが、渡すことにした。とりあえず、貴音のために言ってくれているということは間違いなさそうだ。

「ふむ」

店長はストールをまじまじと見る。

素材はカシミヤ、赤がベースのチェック模様。何年か前に、アウトレットで買ったものだ。値段の割に品質もデザインも良いので使っているのだが、それにしても随分と注意深く観察している。

「やはりな。ここが破けておるぞ」

一方の前足で、店長はストールのある部分を指した。

「――あ、ほんとだ」

気づかなかったが、確かに破れている。走り回っている最中《さなか》に、どこかで引っ掛けてしまったのだろうか。

「任せておけ。すぐに直して進ぜよう。かけはぎは得意だ」

そう言って店長はにやりと笑った。

「では、仕上げだ」

店長は言葉通り見事にお直しを済ませて、ストールに肉球を押しつける。すると、目を見張るような出来事が起こった。ストールの模様が、店長の毛並みと同じ柄へと変化したのだ。

「えぇっ？」

貴音は仰天する。完全に、別物の柄だ。まるで、魔法か何かのようである。

「さあ、巻いてみぃ」

店長が促してきた。

「はい」

戸惑いつつも、貴音はストールを巻いてみる。

「――あったかい」

そんな呟《つぶや》きが、口から漏れた。巻いた感触は同じなのだが、前よりずっとぽかぽかする。

「とてもよくお似合いですよ」

青年が褒めてくれる。お世辞と分かっていても、嬉《うれ》しい。

「それを纏《まと》って帰るとよい」

店長が、そんなことを言った。

「どうか、お気をつけて」

青年が入り口まで行って、扉を開けてくれる。

「ありがとうございます」

扉から出ようとして、貴音は振り返った。素敵な店の光景を、目に焼き付けようとする。

——何となく、もう二度と来られないような気がしているのだ。

心に残るような素敵な思い出が作れたのに、なぜかどうしてももう一度行くことができないお店。根拠はないけれど、多分このお店はそういうお店だ。

たっぷり見てから、貴音は歩き出す。店から、外へ出る。

「それを纏って外に出れば、透明人間になれるぞ。誰からも見えなくなるし、鏡やカメラにも映らなくなる。体も透けてぶつからないから、好きなだけ外を歩けるぞ」

そんな貴音に、店長が声を掛けてくる。

「猫庵では随分と安心してもらえたようだ。ならば、その安心を少しばかりお持ち帰りするとよい」

「——え？」

どういうことだ、ともう一度振り返る。するとそこは——何の変哲もない、植え込みだった。

貴音は、街の中にいた。

雑踏、行き交う人、声、囁《ささや》き声。一気に情報と精神的外傷《トラウマ》が飽和し、またしても頭の中を掻《か》き乱されそうになる。

「あれっ」

しかし、一線を越えることはなかった。ある疑問を抱き、急に頭が冷え始めたのだ。気持ちが、切り替わったわけである。

周囲を観察する。時々、軽く手を上げたり変なポーズをしてみたりする。疑問は、徐々に確信に変わっていく。

「やっぱり」

ああ、やっぱりそうだ。──誰も、貴音を気にしていないのである。

店長は言った。このストールを着けていると、透明人間になれると。どうやら、本当のことだったらしい。

──らしい、と思いつつ、まだ百パーセントの確証は得られていない。今の貴音が透明人間なのかどうか、実験しないといけない。

実のところ、あたりを行き交う人の数はそこまで多くなかった。植え込みど真ん前に立っていると、人と交錯することは中々ない。

散々迷ってから、えいやっと道の真ん中に飛び出した。歩いてくるのは、ワイヤレスのイヤホンを嵌《は》めたお兄ちゃんだ。目付きは鋭く、ぶつかると大変そうだ。

お兄ちゃんは鋭い目付きのまま歩き、そのまま──貴音をすり抜けていった。

「うそっ」

驚いている間にも、次々人が来る。コートを着たサラリーマン。キャリーバッグを引いた女性。制服の高校生。みな、貴音をするするとすり抜けていく。

貴音は走り出し、路上駐車してある車の横までいって立ってみた。ガラスに、貴音の姿は映らない。サイドミラーを覗《のぞ》き込んでも、やはり映っていない。

「すごいっ」

歓声を上げる。間違いなく、一人だった。この街中でたった一人。誰からも、干渉されない。訳が分からないほどの解放感が、全身から吹き出す。

どれくらい歩いたろうか。ふと貴音は立ち止まり、端に寄ってスマートフォンを取り出す。歩きスマホもし放題なのだから律儀にルールを守る必要もないのだが、ついついやってしまう。

メッセージアプリのプッシュ通知は、来ていない。アプリを開いて見ても、実乃莉は既読さえつけていない。

「むー」

別にそんな義務もないのだが、ここまでほったらかしにされると少し寂しい——なんて考えたところで、貴音はいいことを思いついた。

そうだ、ちょっと様子を見に行ってやろう。

習慣のようにICカードを改札にタッチして、それからもしかしたら通さなくてもよかったのだろうかなんてセコいことを考える。いやいや、歩きスマホといいこれといい発想がいちいち世知辛い。どうせならもっとド派手な何かを企《たくら》めばいいのに。

とか何とか思いつつ、乗り換えでもしっかりICカードをタッチし、貴音は実乃莉の住む街までやってきた。いかにも天才デザイナーが住むような、小洒落《こじゃれ》た街——ではなく、割とくたびれた地方都市である。

何十年も看板が取り替えられていないそうな私鉄の駅を降りれば、目の前に現れるのはパチンコ店と個人経営の不動産屋。哀愁を感じさせるへこんだガードレールと、人情を感じさせる手書きの立て看板（内容は「ひったくり注意！」）が交錯し、その間隙を縫うようにして車高の低いミニバンがドッドッと低音の利いた音楽を響かせ走り抜けていく。

なぜ天才デザイナーたる実乃莉がこの街に住んでいるのかというと、それは実乃莉が天才デザイナーだからだった。

部屋の条件はまず防音性。彼女が周りを気にするのではなく、周りへ彼女が配慮してのことだ。二十四時間閃《ひらめ》けば部屋を歩き回って創作を始めてしまう実乃莉は、そこらのやわなマンションでは苦情発生機になりかねない。

次に、家賃。実乃莉は自分の興味があることにしか興味がない。利便性やら何やらを一切勘案しない。条件を満たして安ければ、それでいいということになってしまう。

この癖のありすぎる条件を考えるとデザイナーだがデザイナーズマンションに住むことはできず、高度成長期に地方都市に建てられて住人が減りスカスカになっている集合住宅に住むことになったのだそうだ。確かに周囲に迷惑はかからないが、「下の部屋に住んでいる一人暮らしのおばあちゃんは耳が遠いから大丈夫」という冗談には笑っていいかどうか困った。

まあ、もう一つの候補は山奥にある買い手のつかない豪邸（バブル期に成金が造ってバブル崩壊後手放した別荘）か何かだったというから、そちらよりは遥《はる》かに有り難い。山奥に住まれてはふらりと遊びにも行けない。

すたすた歩いて——自分に対してこんな表現を使うのはいつ振りだろう——貴音は実乃莉の部屋を目指す。駅から徒歩十八分。さすが家賃が安いだけはある。

街の雰囲気は、くたびれているが悪くはない。そんなことを考えて歩いてること自体に、心が浮き立ったりもする。ストールに手を触れて、お礼を言う。ありがとう、こんな気分は本当に久しぶり。

駅前の商店街に八百屋があり、ドラッグストアや二十四時間利用可能なジムと正面から張り合っている。個人経営の書店が、頑張っている。煙草屋に、公衆電話が置いてある。ランドセルを背負った子供が、辺りをはばからぬ大きな声で笑っている。遠くを見通せば、田んぼがある。きっと、夏の夜にはカエルの声が天まで響くだろう。

前時代への郷愁といえば、それまでだ。しかし、新しくて小綺麗《こぎれい》な街が脱ぎ捨てたある種の温かみが、あちこちに残っているともいえるのではないだろうか。

貴音は、その象徴とも言える存在の前で足を止めた。スターバックスでもドトールでもない、喫茶店だ。

「――あ」

店内を覗いて、貴音は目を輝かせた。実乃莉がいる。二人がけの机に、コーヒーカップを置いて一人で座っている。

中に入ろうとして、ふと手を止める。扉を開けていいものだろうか。この扉、からからと音がしそうである。音だけして人が入ってこなかったら、いきなり心霊現象の始まりだ。扉をすり抜けられないかやってみたが、無理だった。考えてみれば、ものまですり抜けていると電車に乗ったりできなかったわけで、限度があるのだろう。

どうしたものかと考えあぐねていると、丁度良いタイミングで新しいお客がやってきた。色褪《いろあ》せた野球チームのジャンパーを着た、おじいさんだ。

おじいさんはばーんと勢いよく扉を開け、貴音はその後ろについて首尾よく店の中に入る。

お店の中は、結構賑《にぎ》わっていた。客の話し声で、BGMが聞こえないほどわいわいしている。貴音は何となく抜き足差し足になりながら、実乃莉のテーブルまで移動。その向かいに座ってみた。

当然ながら、実乃莉は何も反応しない。よく考えたら、このままでは何もできない。

さてどうしたものかと考えながら、貴音は実乃莉を眺める。

——彼女は、とても人目を惹《ひ》く。飾らない美人、というのは中々現実には難しい。しかし、現実離れした人間である実乃莉はそれを容易《たやす》く実現しているのだ。

それは彼女の服装からも分かる。ハンチングを目深にかぶり、後はジーンズとトレーナー。ラフを通り越して部屋着みたいな格好だが、それがまたぴったりなのだ。最上級の肉は焼くだけで美味《おい》しいというのと似ている。本当にいいものは、どう料理してもいいのだ。

学生の頃はそんな実乃莉が羨《うらや》ましかったし、「あんたに憧《あこが》れる」などと言われた時は正直腹が立ったものだ。そんなところないだろ、みたいな。

周囲の客が、男女問わず実乃莉に目をやる。中には、相当熱い視線を注ぐ男性もいる。しかし、誰一人として話しかけようとしない。

実乃莉の向かいで、貴音は首を傾げた。確かに元々浮き上がるタイプだったが、今の実乃莉はあの頃とは違う。何か、誰も寄せ付けないような、そんな「壁」を感じる。最近貴音と会っている時は、こうではなかった。今の実乃莉は、貴音の知らない実乃莉だ。

——ふと。実乃莉が微《かす》かに体を硬くした。何事かと戸惑っていると、実乃莉はスマートフォンを耳に当てた。

「もしもし」

実乃莉のものとは思えないほどに、遠慮がちな小さな声。

「──うん、うん。そうだね」

実乃莉のものとは思えないほどに、相槌《あいづち》ばかりの受け身の姿勢。

「そう。──うん。難しいよね」

貴音の胸に、言いようのない不安が湧き起こる。

自分は、何を見ているのだろう。何を、聞いてしまっているのだろう。

「分かってる。やっぱり、どうなってもわたしのお母さんはわたしのお母さんだし。施設に入れるなら、ちゃんとお金は出すから」

それは、決定的な一言、だった。


──貴音は、実乃莉の母を知っている。父は早くに亡くなり、実乃莉のことを女手一つで育てていた人だ。実乃莉の才能を誰よりも信じ、「鳶《とんび》からドラゴンが生まれた」と自慢していたという話をよく聞かされた。実乃莉は「ドラゴンは鳥じゃない」と不満を漏らしていた。問題点はそこかよという感じだったが、実乃莉はことあるごとにぶーたれていた。

会ったこともある。実乃莉の当時の下宿に遊びに行ったら、出くわしたのだ。実乃莉の母は、掃除という概念が存在しない実乃莉の代わりに、部屋を片付けていた。

真っ茶色の髪を揺らし、「ちょっと頭のネジ飛んでるけど、仲良くしたげてね」と頼まれた。「娘に使う表現かよ」と実乃莉がふてくされたように言うと、がははと笑っていた。

そんな人だった——

「——そう、いう、つもりじゃ」

実乃莉の顔色が、真っ青になる。

「順子《じゅんこ》おばさん、やめて」

順子おばさん。二人いる実乃莉のおばさんの一人だ。とても仲が良くて、長期休暇の度に遊びに行っていた。

「わたしもね、仕事が——ううん、ごめんなさい。そんなつもりじゃないの。自分の仕事が立派だとか、そんな、マウントじゃなくて、ちがう、違うから。やめて、お願い」

だが、声色も言葉も、とても仲がいい人との間に交わすものではなかった。

震えるような溜息《ためいき》、そして沈黙。賑やかな店内で、実乃莉の周りだけがぽっかり空白のようになっていた。

ちら、ちらと。実乃莉は周囲に目を走らせた。怯《おび》えるような、そんな視線。

周囲の人は、聞こえていないように振る舞っていた。彼女がどんな問題を抱えていて、何の話をしているか、分かるのだろう。それが、誰の身にもいつか起こり得るということも。

「——うん、うん。ごめん。ううん、あたしも」

やがて、実乃莉はそう言った。実乃莉も、相手も。互いと絶縁したくはないのだろう。

「まだ思い出すんだ。そっか。――それ、あたし小学生の頃の話だよね。一生言われんのかよって」

ちょっとお行儀の悪い言葉遣い。彼女なりに、空気を和ませようとしているに違いない。

「政恵《まさえ》おばさんには――そうだね、今日一回話したんだよね。うん、うん、またあたしから連絡してみるから。じゃ。またいつでもかけて」

ようやく、電話が終わった。実乃莉はスマートフォンを鞄《かばん》にしまう。来ているはずの通知を、見る様子はなかった。反応がなかった理由が、分かった。そんな余裕も、なかったのだ。

実乃莉は、脇に置いた大きな鞄から、大きなものを取り出して開いた。リングで綴《と》じられた大きな紙の束――スケッチブックである。何が描かれているのだろう。気になり、貴音は回り込んでみた。

いくつものアイデアらしきものが並んでいる。誰でも知っているような有名食品企業のロゴが添えられていることからして、多分その企業の新製品なり新ブランドなりのロゴデザインだ。人前で開くべきものではなくハラハラするが、それ以上に衝撃的だったのがロゴデザインそのものである。出来がいいのではない。――悪すぎるのだ。

学生時代、実乃莉が他の追随を許さなかったのが、発想力だった。現実には存在し得ないような奇妙な生物を、実乃莉は圧倒的なリアルさでスケッチしてみせた。誰もが想像できるようなありきたりな光景を、実乃莉は誰よりもファンタジックに描いてみせた。

しかし、スケッチブックに殴り書きされたアイデアは、その頃の煌《かがや》きからは程遠いものばかりだった。ひどく陳腐な上に、本当にこの表現を使うのが苦しいのだが、つまらない。

おそらく、今の貴音でももう少しマシなものが作れるだろう。

実乃莉の表情は、痛ましいほどに険しかった。彼女自身この惨状を誰よりもよく理解しているはずだが、どうやって解決すればいいのかまったく見出《みいだ》せずにいるらしい。

実乃莉のスランプの理由は、明らかだ。自分の才能や能力とはまったく関係ないところからやってくる重圧が、彼女の翼を縛り付けているのである。しかし、実乃莉はそのことに気づいていない。おそらくは、気づくほどの余裕もない。

電話の雰囲気からして、昨日今日始まったことではなさそうだった。ということは、こんなにも辛《つら》い状況の中で、貴音を助けてくれていたのだ。貴音をいつも励まして、明るく振る舞って、その陰で悩んでいたのだ。二人がけの席に、独りぼっちで座って。

――独りぼっちで？　貴音は己に問いかける。そうなのか？　彼女は、独りなのか？

彼女の向かいの席には、本当に誰もいないのか？

決意して、貴音はスマートフォンを取り出した。今のタイミングなら、気づいてくれるかもしれない。

メッセージアプリを立ち上げる。決意が、あっという間に萎《しな》びそうになる。——いや、ダメだ。この距離、テーブル一つ分の距離、今まで気づいていなかったこの隙間は、貴音の方から埋めなければならない。

貴音はスタンプを一つ選んだ。何ということもない、企業の公式アカウントと友だちになってダウンロードするような、無料のやつだ。猫がやっほーと手を挙げている、呑気《のんき》なものだ。

貴音は、そのスタンプを超連打した。やっほーやっほーやっほーやっほー。これまでに類を見ないほどの量のやっほーが、回線に乗って実乃莉のスマホに叩《たた》き込まれる。やっほーやっほーやっほーやっほー。実乃莉はまだ気づかない。やっほーやっほーやっほーやっほーやっほーやっほーやっほー——気づいた。

実乃莉はスマホを取り出す。なおも連打されるやっほーに狼狽《うろた》えつつ、ロック画面を解除。返事をしてくる。

『なになに！　なにごとだー！』

いつもの実乃莉の、明るい返事。ようやくメッセージが来ていたことに気づいたのか、ログを遡《さかのぼ》り始める。しかし、それを貴音は遮る。

『ごめんね』

『わたし、実乃莉のお母さんの話聞いちゃった』

覚悟を決めて、踏み込む。かつての実乃莉も、こんな気持ちだったのだろうか。異変を隠そうとする貴音に近づいてきた実乃莉は、いとも容易げな様子だった。でも本当は、震えるような覚悟を決めて、乗り込んできてくれたのではなかったか。

実乃莉は、表情も手も凍りつかせていた。まさか、と。全身で語っている。

『あー ごめん心配掛けちゃったね』

やがて、いつも通りに元気な姿を装おうとする。

『でも大丈夫だから』

強張《こわば》った表情と、噛《か》み締めた唇と、フリック入力で、強がる。

貴音の脳裏に、彼女の姿が去来する。今まで、どれだけ寄り添ってくれたか。どれだけ、支えてくれたか。その裏にあった苦悩を知った今、なにをすべきか。

貴音はストールに手をかけた。誰にも見られていないという、解放感。誰にも気づかれていないという、安心感。それを手放してしまうことには、強いためらいがある。

「実乃莉」

だけれど。それを犠牲にしてでも、それを手放してでも、今伝えたいことがある。

「わたしが、いるから」

実乃莉が、息を呑《の》む。突然現れた貴音を見て、唖然《あぜん》とする。

「あなたが、いてくれたように」

どうやって、実乃莉は貴音を安心させてくれたか。辛い時に、守ってくれたか。必死で、それを思い出す。

「だから、一人で悩まないで」

結論から言うと、できなかった。知床に連れて行こうとするみたいなのは無理だし、そもそもできなくていいのだ。実乃莉が必要なのは、実乃莉の真似をする誰かではない。実乃莉の力になろうとする、貴音なのだ。

周りの客たちは、きっと突然の展開に驚き戸惑っているだろう。くつろぎの時間を奪って実に申し訳ない。あとで全員にコーヒーを奢《おご》らないといけないかもしれない。

「わたしは、ただ」

実乃莉は何か言おうとして、失敗した。

「ただ」

震える声で、繰り返す。

貴音は微笑んで首を横に振ると、スマートフォンを摑《つか》んだままの実乃莉の手を握った。両手で、そっと包むように。店長にしてもらったように。

実乃莉の頰を、涙が伝う。その涙と共に、彼女の苦しみが少しでも流れれば――と、貴音は祈った。

街灯の光もコンビニの明かりも届かない、街並みの死角。そこに、男は潜んでいた。

逮捕されたことで完全に社会から脱落し、全てを失った。何をして生きているのかもよく分からない状態で、ただ暗い情熱の炎を燃やし続けていた。——あの女を、取り戻す。

今日は、とても納得いくことがあった。今まで、どうして自分が拒絶されたのかよく分からなかった。周りが彼女を引き離したのは明白だったが、彼女が中々戻ってこない理由が分からなかった。

しかし、今なら分かる。彼女が戻らなくなったのは、彼女が他の女と「仲が良すぎる」からだったのだ。

男の胸に、使命感が目覚める。男に愛される喜びというのを、思い出させてやる必要がある。男と付き合う素晴らしさを、「多少強引にでも」教えてやれば、きっとこちらの気持ちも理解してくれるはずだ。そういえば、彼女を奪ったあの憎い女も、改めて見ると中々いい顔をしている。ついでにあちらにも「教えて」やろう——

「思った通りか」

そんな声がした。男は武器を出す。刃渡りの長い、コンバットナイフ。持ち歩いているだけで捕まるような、人間を傷つけるための武器だ。それを振るう覚悟が、男にはある。

「お前のようなやつは、何があっても懲りぬようだな」

しかし、男に話しかける影は、人の姿をしていなかった。後ろ足で立って歩く、猫のものだ。

「そのようなおもちゃで、わしをどうこうできると思うたか。このうつけ者が」

猫の姿が、どんどん大きくなる。その声が、どんどん――禍々《まがまが》しくなる。

「喰《く》うてやろうかア」

男の悲鳴が、辺りに響いた。

「あれえ、店長は？」

入ってくるなり、パンダは――猫庵御用達の仕入れ業者である上野さんは、きょとんとして辺りを見回した。

「知りません」

青年が、ぶっきらぼうに答える。ぶすっとむくれた顔で、実に不機嫌そうだ。

「わわ、これは不機嫌」

こわやこわやとジェスチャーしながら、上野さんはテーブル席に移動し、自分用の大きな椅子に座った。

「お菓子はあんまりありません」

青年はそう言うと、カウンターから出てきて盆を置いた。盛られているのはサッポロポテトつぶつぶベジタブルだった。

「いやまあ、好きだけどね。わしゃっと摑んで沢山食べるのが醍醐味《だいごみ》だよね」

上野さんはもしゃもしゃとサッポロポテトを頰張る。

「戻ったぞ」

扉を開けて、店長が戻ってきた。首からタオルを下げて、すっきりした顔をしている。

「なにやってたんですか」

目も合わせようとせずに、青年が訊《たず》ねる。

「なあに、一仕事してきただけのことだ」

タオルで汗を拭《ふ》く仕草をしながら、店長が答えた。

「命までは取っておらん。まあ、死んだ方がマシと思いはしたかもしれんがな」

どこか楽しむような口ぶりと、瞳《ひとみ》に輝く残酷な色。青年の眉間《みけん》に、深い皺《しわ》が刻み込まれる。

「そういう仕事、する必要あったんですか」

青年の声には、あからさまに棘《とげ》が含まれていた。

「あの男を野放しにはできまい」

何を馬鹿なといわんばかりの態度で、店長が答える。

「あ、ちょっとその言い方は――」

上野さんが、張り詰めた空気を和らげようとする。

「それは、そうですけど。他にやりようがいくらでもあるでしょう」

しかし、手遅れだった。青年が、店長の険しい態度に更なる険しさで返したのだ。

「わしのやり方に何の問題があるというのだ」

当然、店長もヒートアップする。

「最近、随分運動してたのもそれですか。何だかんだで、理由を付けて化け猫になりたかったんじゃないんですか」

青年が、店長を睨《にら》んだ。その眼差《まなざ》しの強さに、店長も思わずたじろいだ様子を見せる。

「僕は、そんな猫の弟子になったんじゃないです」

青年は叫ぶようにそう言うと、立ち尽くす店長の脇を通り抜け、扉を開け放った。

「お、おい。待たぬかっ」

店長が呼び止める。しかし、青年は振り返ろうともせずに店から出て行った。

「これは、困ったねえ」

上野さんは前足を組み、うーんと首を傾げたのだった。

五章　とっても暖かい、手編みのセーター

どこを、どう歩いただろう。

とても長く歩いていたような気もするし、実際のところはさほどでもなかったようにも思える。時間も距離もはっきりと分からず、ただ「歩いた」という感覚だけが、曖昧《あいまい》な輪郭のままゆらゆらと漂っている。

彼は一軒の店の前で立っていた。何だか、不思議な雰囲気の店だ。店の、名前は——


「お邪魔します」

青年は、一声掛けて犬庵《わあん》の扉を引き開けた。

「む。猫の所の童《わっぱ》ではないか」

中にいた一匹の黒柴《くろしば》が、読んでいた新聞から顔を上げる。

「どうした、随分と怖い顔をしているな。あのデブ猫と喧嘩《けんか》でもしたか」

青年が、ふてくされたような顔でそっぽを向いた。

「なんだ、当たりか。――まあ、上がっていくといい」

新聞を畳むと、黒柴は立ち上がった。

「話くらいは聞いてやる。まったく、世話の焼ける猫だ」

座卓を挟んで、黒柴と青年は座る。湯気を立てる湯呑《ゆの》みが、それぞれの前に置かれていた。

「なるほどなあ」

黒柴は、頬杖《ほおづえ》をついて考え込む。

「見ての通り、やつは本来猫だ。猫が持っている本能や衝動も、やはり相当残っている。なにせ、毛糸の玉が転がったら追いかけるほどだ。獲物をいたぶることを楽しむこともあるかもしれん」

だが、と黒柴は言葉を継いだ。その目は、普段店長とわいわいやっている時とは随分と違う。穏やかな、理解者の目だ。

「やつももう随分な年だし、そういう部分に全て飲み込まれるということはないと思うがな。そのことは、いつも顔を突き合わせている童が一番よく分かっているのではないか」

青年は、眉《まゆ》に憂いを纏《まと》わせて俯《うつむ》いていた。

「そう、・だと思います」

その言葉には、やる方のない感情が滲《にじ》んでいる。

「分かってるんです。店長はそこまでにはならないって。でも何だか、そういうことをしてるところを、考えたくないっていうか。認めたくないって、いうか」


店の前には、看板が置かれている。筆で文字が書かれていて、見た感じはそば屋さんや和食店のような雰囲気だ。店の名前は、『お直し処猫庵《にゃあん》』。

「お直し処」

少年は、声に出して読み上げてみる。何だか、ちょっとわくわくする響きだ。どんな仕事をするのだろう。

なんてことを考えていると、がちゃりと扉が開いた。

「今日もいい天気だな」

中から出てきたのは、一匹の猫だった。茶色と黒の縞《しま》——いわゆるキジトラ猫だ。

「猫が喋《しゃべ》った！」

少年は目を見開く。

「しかも立って歩いてる！」

衝撃的だった。人生で、こんな経験なかったと思う。

「何を騒ぐ必要がある」

猫は、偉そうに答えてきた。丸々と太っていて、しかも低い声なので、何だかおじさんのようである。でも、ぴこぴこ動く耳やぱたぱた動く尻尾《しっぽ》はやっぱり猫っぽい。

「すごい！　すごい！」

少年は駆け寄り、猫の顔と言わず前足と言わずひげと言わず触りまくる。

「こ、こらやめぬか」

猫は、前足をわたわたやって追い払おうとするが、少年はまったくめげない。

「大体なんだ、その大きなセーターは」

少年の格好を見て、猫が言う。少年が着ているのは、ぶかぶかの毛糸のセーターだった。

「お母さんが編んでくれたんだけどね、お母さん編み物とか苦手で。うまく出来上がらなかったんだ」

少年は俯く。決して、サイズが合わないのが嫌なわけではない。編んでもらえただけで、とても嬉《うれ》しい。ただ、大きすぎたと分かった時の母のしょんぼりした様子が何だか哀しくて、シュンとしてしまうのだ。

「ふむ？――む」

ふと、何かに気づいたかのように猫は目を見開いた。

「そうか。その若さで、か。痛ましいことだ。──よし、なんぞ振る舞ってくれよう。ついて来るが良い」

そして、お店の扉を開いてくれる。

「本当？　ありがとう！」

少年は、うきうきしながら店の中へと足を踏み入れた。

「わあ、店の中もすごいっ」

店内も、素敵な雰囲気だった。お洒落《しゃれ》なカウンターやテーブル席。カウンターの上には赤い和傘が差し掛けられるように飾られていて、店全体が和風な雰囲気になっている。

「なんか変なものがいっぱいある！」

少年は、またも目を輝かせた。カウンターの後ろの壁に取り付けられた棚が面白いのだ。何に使うのか分からないものが、沢山並べられているのである。

「変なものではない。わしのこれくしょんだ」

扉を閉めると、猫は渋い顔をして訂正してきた。

「変なものをコレクションしてるの？」

「変なものではないと言っておるだろう」

猫は繰り返しそう主張する。だが、棚にあるものはやっぱり変なものばかりにしか見えない。何かの鐘や、古そうな合体変形ロボット、どこかの部族のお面のようなものや、色々な形の手裏剣など、てんでばらばらな感じである。スノードームなど、普通なものも交じっていて、余計にへんてこりんだ。

「やれやれ。困った童だ」

猫はそう言うと、カウンターの中へ入っていく。カウンターの端の方が押して開く扉のようになっていて、そこから出入りするらしい。

「よっと」

カウンターの向こうから、猫がひょこりと顔を出す。カウンターの高さ的に辻褄《つじつま》が合わないので、多分何か台の上に乗っているのだろう。

「さて」

猫は、カウンターの上に色々と並べ始めた。少年も、向かいのカウンター席に座ってみる。

「あ、これって」

店長が並べているものを見るなり、少年はぴんときた。

「編み物もやるの？」

手の平の所が少し解《ほど》けた毛糸の手袋、手袋と同じ色の毛糸玉、そして編み棒ときたら、やることは一つだ。

「うむ。その通り。これはわしが使っているものなのだが、少し傷んでしまってな。せるふお直しというわけだ」

「猫なのに手袋がいるの？　というか、前足なんだから足袋《あしぶくろ》じゃない？」

「いちいちやかましい童だ」

難儀そうに言うと、猫は編み物を始めた。

少年は、息を呑《の》む。彼自身、編み物を少しやっていたから分かる。この猫の技術は——

神業だ。

どんなに慣れている人でも、編み目の数は数えるものだ。そのためのカウンターも存在する。しかし、猫はそんな様子が全くなかった。まるで、既に結果が決まっているかのように、編み棒と毛糸が絡み合っていく。

「こんなところか」

あっという間にお直しは完了し、

「超凄《すご》い！」

少年は感動した。途方もなく鮮やかな手並みだ。上手な人の動画でも、ここまでのものはちょっと見たことがない。

「ふふん。まあ、ざっとこんなものだ」

まんざらでもなさそうな様子で、猫が鼻をぴくぴくさせる。

これは、とんでもない人に——いや猫に会ってしまった。少年は思う。何としてでも、この技術を盗まねば。

「弟子にして下さい」

早速、少年はそう頼み込んだ。

「店の掃除でも、ブラッシングでも、何でもやります」

「弟子は取らん主義でな。あとぶらっしんぐは好かん」

猫の返事はつれなかった。しかし、諦《あきら》めたくない。

「このお店、ええと」

名前は、看板に書いてあった。お直し処猫庵。なんと読むのか。ねこあん？　ねこいおり？　いや、それとも――

「――お直し処猫庵《にゃあん》、ですか？　ここで、働きたいです」

「ほほう」

店長が、目をぱちくりさせた。そして、少しばかり口元を緩める。

「きっちり読むとはな、中々見込みのある童だ。弟子入りの件――考えてやるとするか」

「未《いま》だに、ちゃんと猫庵と読んでくれたのは彼だけなんだよね」

上野《うえの》さんの言葉に、店長は不承不承ながら頷《うなず》いた。

「その通りだ」

店長と上野さんは、テーブル席で差し向かいに座り、サッポロポテトを食べながら喋っていた。

「いい子だよね。心配もしてくれて」

店長は、そっぽを向いた。

「少しばかり、いい気分になってしまったのは事実だ。しかし、だからといって今頃人食いの化け猫になったりはせぬ。そのくらいの分別は身につけておる」

「まあ、それは彼も分かってると思うよ」

上野さんの言葉に、店長は彼の方へと向き直る。

「では、なぜ童《わっぱ》はあのようにわあわあと言うてくるのだ」

「うーん、そうだなあ」

上野さんは、爪でぽりぽりと自分の頬をかいた。

「やっぱりさあ、ちょっとショックだったんじゃないかな」

そして、普段の上野さんよりも、ややはっきりした口調で言う。

「きっと彼にとって、猫庵さんって大きい存在なんだよ。猫庵さんが思うよりも、ずっと」

店長は、何も答えなかった。むすっとした表情で、サッポロポテトをぱくぱくと食べた。

「掃除できましたよ、店長」

少年が、はたき片手にえへんと胸を張った。

「店長ではない。庵主《あんしゅ》と呼べといつも言っておるだろう」

テレビを観ていた店長が、耳をぱたぱたさせながら文句を言う。

「分かりました、店長」

――店長が用意してくれたエプロンを着け、少年は精力的に働いていた。掃除に、外の倉庫の整理に、店長の相手に、その他諸々《もろもろ》。仕事は沢山ある。

店長は、弟子になったからといって手取り足取り教えてくれるわけではなかった。「まずは雑用がちゃんとこなせるようになってから」と言って、何やかやとさせてくるのだ。ちなみにその建前は少し怪しくて、少年をこき使うためにいいように言っている可能性も十分に考えられる。

では何も教えてくれないのかというとそういうこともなく、時折気が向いたように様々な技術を教えてくれた。基本的なところから、一つ一つ丁寧に。店長によると少年は「筋は悪くない」らしく、めきめきと上達していった。

「できたっ」

少年が初めて取り組んだのは、編みぐるみづくりだった。白い糸と黒い糸を使って、パンダを作ったのだ。モデルは勿論《もちろん》、色々な商品（と怪しげな雑貨骨董品《こっとう》）を仕入れてくれる仕入れ業者・上野さんである。

「おや、ありがとう」

上野さんに編みぐるみをプレゼントすると、上野さんはとても嬉しそうにしてくれた。

「まあ、出来は悪くないがな」

一方、店長はとても不満そうだった。

「おやおや、弟子の最初の作品が貰《もら》えなかったから焼き餅《もち》を焼いているのかい？」

上野さんがへへーんと店長をからかい、店長はますますむくれる。なぜ最初の作品が店長でなかったのかというと、店長にはちゃんと作ったものを渡したかったからだ。上野さんの編みぐるみが、ちゃんとしていないわけではない。もっともっと上達して、「これはものにした」と自分で自信を持って言えるようになった時に、店長に何かプレゼントしたかったのだ。

プレゼント。ふと少年の脳裏に、この店に初めて来た時に着ていたセーターのことが甦《よみがえ》った。母からもらったプレゼント。それにまつわる、何だか切ない思い出。

「――む、どうした童。突然浮かない顔をして」

店長が、訊《たず》ねてきた。どうやら、表情に出てしまっていたらしい。

「その、家族のことを思い出しちゃって」

少年が正直に答えると、店長はふむと頷いた。そして、何やら考え始める。

「まだこの店に留《とど》まっているのなら、理を歪《ゆが》めるということもあるまい」

ややあってから、店長は納得したように頷き。

「では、一度様子を見に行ってみるか？」

少年に、そう提案してきたのだった。


記憶と同じところもあれば、全く違っているところもあった。見覚えのあるお家があるかと思えば、覚えのないお店が建っている。空き地になっていて、元はどうだったか思い出せない場所もあった。自分が入院していた期間が自分で思うよりも長かったのか、それとも街が転機を迎えているのか。少年には、どちらとも判別しかねた。

「ここが、童の家か」

一軒の家の前で、店長がそう言った。二階建てで、庭がある。黒い自動車が、屋根付き車庫に停められている。表札は、木の板に名字を彫り込んだもの。

「はい」

そう答えるのが、やっとだった。懐かしさで、胸が詰まる。この眺めは、変わらない。それだけで、言葉も出なくなる。もう一度この光景を見ることを目標に、少年はずっと病気と闘っていたのだから。

「うむ」

店長は、普段のようにいけずを言わず、ただ頷いてくれた。

「わしらの姿は見えないようになっている。気が済むまで、好きなようにすればいい」

そんな言葉に甘えて、少年はずっと飽きもせず家の周りを見て回った。塀のブロックの一つ一つ、庭の草の一本一本まで、記憶に残すように。

どれだけ外で過ごしたか。中から、話し声が聞こえてきた。父と、母のものだ。また、胸がいっぱいになる。二人とも、元気にしていただろうか――

「――え？」

いや、違う。話し声、ではない。

これは――言い争うような、声だ。

「店長、あの」

言いようのない不安が、少年の心を鷲摑《わしづか》みにする。何か、とても怖いことが起こっているような気がする。

「うむ。中に入ってみるぞ」

店長の表情も、真剣なものだった。

家の中に入る。父と母は、台所で言い争っていた。二人とも、ダイニングに椅子があるのに立ったままだ。

「言っても、仕方ないだろう」

いつも言葉少なだった父が、人が変わったように母に厳しい言葉をかけている。

「でも、やっぱり。思っちゃうじゃない」

いつも元気だった母が、すっかり打ちひしがれてぼそぼそと喋《しゃべ》っている。

「何度も繰り返してどうする。そうしてたら生き返るっていうのか」

「そういう言い方はやめて」

「生き返るのかと聞いてるんだ。ああすればよかった、こうすればよかったと言ったってあいつのためになるわけじゃないんだぞ」

「あなたは強いわね。わたしには無理。あの子のことを忘れて暮らすなんてできない」

「忘れろなんて言ってるんじゃない。前を向けと言ってるんだ」

二人の視線は、一度も交わらない。ひどく強く激しい感情をぶつけあっているのに、お互いにお互いを見ようともしない。

衝撃、なんていう言葉では、とても表しきれなかった。ただ両親が喧嘩《けんか》しているだけなら、まだいい。明らかに、二人の喧嘩の原因は自分だ。自分のせいで両親は別人のようになり、互いの心の傷を痛めつけ合うような行いをしている。あまりに、あまりに辛《つら》すぎる光景だ。大切な家族同士で、こんなことを――

「――あっ」

家族。そんな言葉が、青年にもう一人の存在を思い出させる。

「妹が、いるんです。どうしてるんだろう」

家中を捜し回ると、妹は部屋にいた。

布団を頭から被《かぶ》って、丸くなって耳を塞《ふさ》いでいた。元気で明るい彼女の姿は、見る影も無かった。

「やだなあ、やだなあ」

何度も何度も、妹は繰り返していた。耳を塞いで喋ることで自分の声を響かせて、親の喧嘩する声が聞こえないようにしているらしかった。

少年は、立ち尽くした。最早《もはや》、言うべき言葉さえ見つからなかった。

「僕、両親が喧嘩をするところって見たことなかったんです。当たり前ですよね。病気でずっと入院している子供の前で喧嘩なんて、中々するものじゃぁありませんし」

青年は苦笑し、それから目を伏せた。

「まさか、そんなことになってるなんて思いませんでした」

新しいお茶が注がれた湯呑《ゆの》みは、今も湯気を立てている。

その湯気と共に、青年の独白が部屋を漂っては消える。

「病気になると、自分のことしか分からなくなるものだ。周囲に気を配ったり、目を向けたりするための領域を、病気の辛さ苦しさが埋め尽くしてしまう」

黒柴《くろしば》が、慰めるように言う。

「だからこそ、あの猫めも助けてくれたのだろう？」

「そうですね。猫の手を、貸してくれました」

青年が、もう一度笑う。今度のものは、気恥ずかしそうな、あるいは嬉《うれ》しそうな、そんな笑顔だった。


猫庵に戻っても、少年も店長も口を開くことはなかった。重くそして空気を澱《よど》ませるような、そんな沈黙だけが店内に垂れ込めていた。

少年はカウンター席に座り、ただ己を責めていた。

自分が病弱だったせいで、自分が病気に勝てなかったせいで、今もなおみんなを苦しめている。

自分なんて、いなければよかった。心の底から、少年はそう思った。自分さえいなければ、両親は喧嘩することもない。妹もつらい思いをせず、両親からの愛情をたっぷり受けて健やかに育っていけるだろう。自分が、みんなのバランスを崩したのだ。自分の存在が、いなくなってもなおマイナスの影響ばかりを与えている——

「そんなことはない」

無限の泥沼の中に飲み込まれていく少年を、何かがむんずと摑《つか》んだ。

「お主は生まれてよかった。生きてよかった」

それは、店長の力強い言葉と。

「そして、ここにいていい」

柔らかい、肉球だった。

「でも」

自分の肩に置かれた店長の前足を見ながら、少年は言った。

「でも僕は、何の役にも立てなかったし」

「役に立つ、立たないで考えるのはよくない。優れたもの、素晴らしいものがそれに見合った評価や賞賛を得ることは大事なことだが、それとはまた別なのだ。

考えてもみい。もし人間の価値を何かの役に立つか立たないかだけにおくのなら、大半の人間は五十かそこらでみんな死んだ方がいいということになる。大体の人間は、体力も気力もそこからは顕著に衰える一方なのだからな」

　店長は、言葉を尽くして少年に語りかける。

「きっと童《わっぱ》は今、何か大切なものが壊れてしまったかのような気分でいるのだろう。寄る辺なき者になってしまったと、孤独や疎外感を抱いているかもしれぬ。だが、諦《あきら》めるにはまだ早い」

　肩に置いていた前足を持ち上げ、もう一度ぽむりと少年の肩を叩《たた》く。

「壊れてしまったものをお直しするのが、この猫庵なのだ。猫の手を、貸してやろう」

　猫庵で働くようになって、何度も聞いてきた決め台詞《ぜりふ》だ。まさか、自分が向けられる日が来るなんて。

「とりあえず、茶菓子を振る舞ってやる。少し待っておれ」

「――僕は、一見《いちげん》さんじゃないので。お菓子を食べて、不思議な力でお直ししてもらって、それで簡単に前向きになったりなんてしませんよ」

　少年は、ふんとそんなことを言った。

「なんだ、減らず口を叩く元気は出てきたようだな」

　店長が、にやりと笑いを返してくる。珍しく、少年はむむと言葉に詰まった。

「ははは、可愛いものだ。常からそうしておればよいものを」

少年を残して、店長はカウンターの中の勝手口を開けて外へ出ていく。

一人残され、少年は考える。なぜに自分はさっき、あんな憎まれ口を叩いたのか。本当は、とても——嬉しかったのに。

何度も、店長が訪れるお客さんの持ち物をお直しするのを見てきた。それから不思議な力を与えて、そっと背中を押すようにして送り出すのも見てきた。だから、期待してしまう。もしかしたら、店長が何とかしてくれるのではないかと、希望を持ってしまう。

戻ってきたら、お礼を言おうか。だとしたら、なんと言おう。弟子だし何か教わったらお礼くらいは言っているのだが、今回のような場合はまた全然違う。心の底からの、感謝。

「待たせたな」

扉が開いて、店長が戻ってくる。

「まだまだ見てくれ相応の子供らしさもあるようだから、可愛いクッキーにしてやったぞ」

「大きなお世話です。ひどい言い方ですね。店長は見てくれにふさわしい可愛げを身につけてください」

結局お礼を言えなかった。いや、今のは店長が悪いのではないか。あんな言い方をされれば、しかるべき返しをするほかないではないか。

「ははは、やはり童はそうでなくてはな」

すると、店長はそういって笑った。どうやら、すべてお見通しの上で軽口の応酬に乗せてきたらしい。

「さて」

店長が、白い紙袋を置く。つい先日、上野さんが仕入れてくれたものだ。

「ミッシェルバッハの、夙川《しゅくがわ》クッキーローゼ――でしたっけ」

神戸《こうべ》は夙川にある、ドイツ菓子店・ミッシェルバッハ。その看板商品だと、上野さんは言っていた。

「うむ」

店長は頷《うなず》いた。

「三日も掛けて作られるクッキーでな。開店前から行列に並ばないと中々買えず、幻のお菓子との呼び声も高い。最近は電話での発送もしていないようだしな」

そして、紙袋を開き中身を取り出す。手付きは、えらく慎重である。

「随分おっかなびっくりですね」

少年がそう言うと、店長は慎重な手付きを継続しながら鼻を鳴らした。

「向きを傾けたりしてはいかんのだ」

「どういうことですか？」

「しばし待て。見れば分かる」

店長が中から取りだしたのは、長方形の箱のようなものだった。ミッシェルバッハの店名や住所などが印刷された包装紙で包まれ、リボンで縦横に留められている。店長の手付きだけではなく、包装も丁寧だ。

店長がリボンを解き、包装紙も取る。

「わあ、素敵ですね」

思わず、声が出てしまった。透明のケースの中に、花の形をしたクッキーが並んでいる。

「凄《すご》く綺麗《きれい》」

真ん中の部分にオレンジ色の何かが載った淡い色合いのクッキーと、両方とも濃いチョコレート色（色味は少し違う）のものの二種類だ。いずれにも、白い雪のようなものがまぶされている。キラキラしていて、宝石のようだ。

「まぶされた粉砂糖が美しいだろう。やはり、菓子は見た目も大事だ。そこにもこだわって作られたものだから、大事にしたいというわけだな」

そう言って笑うと、店長はケースを水平に持ち上げた。ケースの側面に貼られた金色のテープを剝《は》がす。

「あっ――」

テープが剝がれた途端、ふわりとクッキーの香りがした。何だかとても、わくわくする匂いだ。

「まずは、こちらの方から食べるがよい」

店長は蓋《ふた》を開けると、真ん中がオレンジ色の方を勧めてくる。

「はい」

少年はそれに素直に従い、そちらを手に取った。見た目は可愛らしいが、結構厚みがあってしっかりした感触がある。粉を落とさないよう気をつけながら、クッキーを口元まで持ってくる。距離が近づいて、更にクッキーの香りが高まる。一緒に期待も高めながら、少年はクッキーを丁度半分かじった。

「――！」

そして、突き抜けていく美味《おい》しさ。

しっとりとしていない、しかしパサパサでもない。そんな匙《さじ》加減から生み出される食感はまさしくサクサク。クッキーとしての理想だ。

そして味わいが、また最高に素晴らしい。バターのいい匂いがするクッキー部分、甘味を担う粉砂糖、そして真ん中のオレンジ色のもの。

「これは――アプリコットジャムですか？」

少年が訊《たず》ねると、店長は頷いた。

「この酸味がいいあくせんとになっているだろう」

店長の言う通りだ。単に綺麗だね、美味しいねという表面的な部分で終わらない奥行きがある。

「使っている材料は、バターに砂糖、小麦粉や卵など基本的なものばかりだ。それで、これほどまでに深みのある味わいはまことに見事と言える」

「あっ」

残り半分を食べようとして、つい粉砂糖をこぼしてしまった。

「やれやれ。しようのないやつだ」

店長はふきんで粉砂糖を拭《ふ》き取ると、ランチョンマットを出してきて敷いてくれた。猫のシルエットがあしらわれた、可愛いデザインのものだ。

「へへ」

照れながら、クッキーの残り半分を食べる。やはり美味しい。本当に、幸せになる味だ。

「次は、チョコレートも食べますね」

もう一種類の方にも手を伸ばす。こちらは生地も真ん中部分もチョコレート色だ。

早速口に運んで、囓《かじ》る。

「またおいしい――！」

口にものを入れたまま喋《しゃべ》るのは行儀が悪い、という基本も忘れて叫ぶ。生地も、中央部分もチョコレート。チョコオンチョコ。屋根の上に屋根を作るような感じかと思いきや、これがとても見事なのだ。二つのチョコの味わいは、色合いと同じく少し異なっており、チョコレート同士で見事なハーモニーを生んでいる。少年は感動する。クッキーは、音楽たり得るのだ。

「ほれ、飲み物もあるぞ」

店長が、湯気を立てる肉球デザインのマグカップを出してくれた。

「ほっとみるくだ」

「むむっ」

少年はむくれる。また、子供扱いしてくるのか。

「ははは、からかっているわけではない。いいから飲んでみろ」

ふんと鼻を鳴らしつつ、そっぽを向いてミルクを啜《すす》る。

「――あっ」

そして、はっとする。

「食べたばかりのちょこれぃとと混じって、まるでここあのようであろう。こういう組み合わせを探るのもよいものだ」

店長が言った。そう、その通りである。飲み物と、お菓子が引き立てあっていて、何だかとても楽しい。

「よい菓子は、懐が深い。組み合わせ次第で、様々な横顔を見せてくれる。魂が込められているから、様々な場面で生き生きと輝くのだ」

店長が言う。

それから、店長と少年はクッキーを食べた。時にホットミルクを飲み、時に何でもない話をして。ゆっくりと、緩やかな時間を過ごした。

「うむ。いい顔になったな。それならば、見せることもできよう」

クッキーが残り少なくなったところで、ふと店長が微笑んできた。何だか照れくさい。

「見せるって、何ですか」

ぶっきらぼうな少年の言葉に、店長は深々と頷いた。

「親に童《わっぱ》の姿を見せに行くのだ。不景気な顔をしていたら化けて出てきたと思われかねん」

「えっ——」

少年は絶句する。何かしてくれることを期待してはいたが、こんな形はちょっと待ってほしい。

「童のこれを使うぞ」

店長が取り出したのは、セーターだった。少年の母親が少年のために編んでくれた、サイズの大きなあのセーターだ。

「それって、どういう」

完全に混乱してしまっている少年に、店長は笑いかける。

「まあ、わしに任せておけ」

「たいしたことを、したわけではない」

店長は、つぶやくように言った。

「わしが直せるのは、直せるものだ」

「なるほどねえ」

上野さんが、ふむふむと頷く。

「たとえばの話、爆発に巻き込まれ木っ端みじんになった何かを元に戻すことはできない。失われた命を生き返らせることもできない。直る余地があるものに、直る手伝いをしているだけだ」

「なるほどねえ」

上野さんが、ふむふむと頷く。

「童は、ただ泣いているだけの無力な子供ではない。病で力を発揮できなかった時間が長すぎて、自分に自信を持ちきれていない。だから、喧嘩《けんか》を見たときもただ傍観するだけだったのだ。その自信の無さは、今も同じだ。わしなどに心の中で頼らずとも、自分一人の力で立派にやっていけるというに」

「なるほどねえ」

上野さんが、ふむふむと頷く。

「だから——いや、待て待て。上野さんは、さっきからなにをふむふむと頷いてばかりおるのだ」

「うーん、なんて言うんだろ」

前足を組んで、上野さんはふっふっふと笑った。

「もう、パンダの腹を貸してあげる必要もなくなったかなって。後は、仲直りするだけだね」

上野さんの言葉に、店長はひたすら目を白黒させるばかりだった。

持って生まれた病気、と息子が表現するのを母は好まなかった。自分の責任だ、わたしが病気に生んだのだと思っていたのだ。

父は、二人でなした子なのだから母だけが悪いわけではない。医学的にもそう証明されていると言った。しかし、どうしても母は自分を責め続けた。それは、今も同じだった。

その日喧嘩になったのも、理由はそのあたりだった。テレビのニュースでやっていた遺伝性の病気の治療法に関する話題から、飛び火してはいけない部分に飛び火してしまった。

二人とも互いの考え方に納得しておらず、歩み寄ることもできず、毎回疲れるまで喧嘩して、これ以上どうしようもないから何となくなかったことにする。その繰り返し。毎回ゼロになればいいのだが、少しずつダメージは蓄積していた。薄埃《うすぼこり》のように、少しずつ。娘にいい影響を与えていないことも、どちらも薄々感づいていた。しかし、ひとたびその話題になると、苦痛と悲嘆と怒りが両者の心を苛《さいな》み、正常な判断力を奪ってしまうのだ。

寝る前にもまた一悶着《ひともんちゃく》あり、眠りの質は最悪だった。互いにうつらうつらしては目覚め、寝返りを打ち、ため息をつき、トイレに立ち、明日《あした》の朝の大変さを考え、余計眠れなくなる。

まさしく、夢か現《うつつ》かという状態。もしかしたら、そんな状態だから、見たのかもしれない。二人揃って、本来いるはずのない存在を。

「お父さん、お父さん」

最初に気付いたのは、母だった。

「ねえ、誰かいない？　家の中に」

「な、かにぃ」

父はやや寝ぼけ気味で、母の言わんとすることを理解するには少しばかりの時間を要した。

「——よし、見てくる」

ようやくしゃきっとした父は、武器としてリビングの椅子を持って家の中を見回ることにした。母は携帯電話を持って娘の部屋に行き、寝ている娘を起こさぬようそっと鍵《かぎ》を閉めた。

どれほど時間が経ったか。家の中に、「わあっ」と悲鳴が響いた。父のものだ。すわ強盗かと母が携帯電話で110番を押し、今まさに通話ボタンを押そうとしたところで、

「母さん、大変だ。来てくれ」

「加勢するの？　この子の部屋、彫刻刀くらいならあるけど」

「違う、そういうことじゃない。来てくれ」

父の声は、完全にうわずっていた。

「大きくなってるけど、でも」

言葉の意味が母には分からなかったが、とりあえず泥棒ではなさそうだ。母は慎重に慎重を期し、一応彫刻刀も装備した上で父の下へ向かった。

「見てくれ、母さん見てくれ」

父は武器の椅子も手にしていなかった。彼は、目の前を指し示している。

そこにいるのは、一人の青年だった。ふわふわのくせっ毛。背は父よりも高いが、体型

は父よりも華奢《きやしや》である。身にまとう、どこか淡い雰囲気。

彼のことを、母は見たことがない。父も同様だ。しかし、二人ともすぐに彼が誰であるか気付いた。

——息子だ。成長した姿の、決して見ることができなかった姿の、息子だ。

「お父さん、お母さん。お久しぶり」

青年は、微笑んでそう挨拶《あいさつ》してきた。

「僕は元気にやってる。編み物も、それ以外の色々も上手になったよ。いい先生に、教えてもらってるんだ」

母は、口に両手を当てて動けなくなっていた。父は、目を見開きぽかんと口を開けて首を縦に振るばかりだった。

二人とも、どんなに願っても叶《かな》うはずのない夢幻を前にして、そんな反応しかできなかった。

「作ってもらったセーターも、ぴったり合うようになったよ」

青年が言い、母の目に涙があふれた。

彼が着ているのは、確かに母が編んだセーターだった。罪滅ぼしに、と不慣れなセーターに挑戦し、結果として大きくなってしまって着られなくなったセーター。火葬場で棺《ひつぎ》に入れて、息子の道連れとしたセーター。大きくなっても、着ていてくれたのか。

「二人とも、ありがとう。僕は幸せだったよ。今も結構楽しくやってるから、あんまり心配しないでね」

次の日の朝、二人は布団で目覚めた。いつも通りの朝を過ごし、それぞれ職場に向かう前に、「昨日の晩だけど」と切り出した。タイミングとしては最悪だった。揃って涙を流してしまい、出勤どころの話ではなくなったのだ。娘は既に学校へ行っていたのが、せめてもの幸いだった。

エピローグ　セーターとマフラー

猫庵《にゃあん》の扉が開いた。入ってきたのは、仕入れ業者のパンダではなく、ライバル店の犬でもなく、あるいは悩みを抱えたお客さんでもなく、従業員の青年だった。

青年はややおそるおそると言った感じで店内を見回す。店長は、いなかった——ということもなく、カウンターから耳だけが出ていた。隠れているつもりらしい。

時折、耳がぴくぴくと動く。様子をうかがっているようだ。潜水艦が潜望鏡を水面に出すような感じである。

青年はぽかんとし、耳をまじまじと見つめ、それから噴き出した。

「ああ、店長はいないのかあ。残念」

そして、わざとらしくそんなことを言いながらカウンターに近寄る。

「本当に、残念だなあ。いてくれたらなあ。いてくれたら——」

そしてカウンターの前に立つと、ばっと身を乗り出す。

「こうして捕まえたのに」

「な、なに！　気付いておったのか！　おのれ童《わっぱ》、謀ったな！」

両脇を挟み込まれ、行動の自由を奪われた店長は、じたばたともがく。

「頭かくして耳隠さずですね。そんな長い耳でもないのに」

青年が、おかしそうに笑う。

「むぅ」

店長は、悔しそうにうめく。

「――さて」

青年が決意したように口を開く。

「――うむ」

店長が、腹をくくったように髭《ひげ》をピンと張る。

「ごめんなさい」

「すまなかった」

謝罪の言葉は、二人ほぼ同時だった。

二人はそのままの姿勢で固まり、

「今、先に謝ったの店長ですよね」

「いや、間違いなく童だ」

また同時に主張をし始めた。

「いいえ、絶対に店長です。店長ったら店長です」

「童だ。わしの耳に狂いはない。童が先に己の非を認めたのだ」

「雨降って地固まるだね。あれ？　これ前喧嘩《けんか》した時も言ったっけ？　いや言ってない？」

上野《うえの》さんが、猫庵に入ってきた。

「まあいいや。ねえ二人とも、仲直りもしたことだし犬庵《わあん》さんのところにいかない？　始《し》皇帝《こうてい》が使った麻雀牌《マージャンぱい》が手に入ったから、みんなで半荘《ハンチャン》どう？」

「ほう、始皇帝だと！」

店長が目を輝かせる。

「麻雀なんておじさんみたいですね。まあ店長はおじさんみたいなものですけど。――というかそもそも、麻雀ってそんな大昔からあったんですか？　始皇帝って紀元前の人でしょ」

「まあまあ、細かいことは気にしない。外は寒いから、暖かくしていきなよ」

上野さんがそう言うと、青年はぴったりサイズな手編みのセーターを着て、店長はマフラーを巻いた。

「では、行くとするか」

外に出て、店の扉に鍵をかけ、準備中の札をぶら下げる。

「そういえば、そのマフラーって店長が編んでもらったやつなんだっけ」

上野さんが何気なく訊《たず》ねると、青年はにっこり頷《うなず》いた。

「ええ、僕があげたやつなんです。店長に作ったものをプレゼントするのは初めてですね」

「ふん。まあ、出来は悪くない」

店長は、マフラーで表情を隠すようにして、そう言ったのだった。

あとがき

どうも尼野《あまの》ゆたかです。この度は、『お直し処猫庵　猫店長、三冊目にはそっと出し』を手に取って頂き、まことにありがとうございます。

猫庵《にゃあん》シリーズも三巻目を迎えました。当初に「こんなことを書けたらいいなあ」と思い浮かべていたことも書けましたし、元々は想定もしなかった程に作品の世界が広がりもしています。猫庵という作品を通じて、様々な出会いもありました。ただ三巻まで書いてきた、それ以上のものをこの作品を通じて得ることができているように思います。読者の皆様にも、ただ小説を三冊読んだだけではない何かを受け取って頂けたとしたら、書いた者としてこれ以上の幸いはございません。

……などと何やら自分一人の力でやったかのように申しておりますが、実際のところ今回も沢山の人のお力をお借りしております。以下で謝辞を。

担当編集のM崎さん。いつも的確な指摘と提案を頂きましてありがとうございます。今回も、あの話のあの部分やこの話のこの感じなどおかげさまでめっちゃブラッシュアップできました！

今回も素敵で愉快で可愛くどっしり存在感満点の店長イラストを描いて下さった、おぷうの兄さん。眼鏡や長火鉢に続き今回はひらひらエプロンと、毎回魅力的な小物を付け足してくださり嬉《うれ》しいです。とても楽しみにしております。

お直しアドバイス、お菓子協力のI本さん。毎回お世話になってます。

徳島のお菓子を教えて下さった木犀《もくせい》あこ先生。本当にお手数をお掛けしました。滝の焼《やき》餅《もち》が近畿《きんき》にいながらして食べられたのはあこさんのおかげです！　店長も喜んでいます！

作品を紹介して下さるネットラジオ局FM　GIGのS沢さん、S我さん、I上さん。諸々《もろもろ》のイベントにも参加させて頂けて、本当に感謝しております。

友人家族のみんな。いつも色々ありがとう！

書店様、書店員の皆様。二巻の後書きでも書きましたが、ここまで来られたのはひとえに皆様のご支援ご助力あってのことです。今後もご協力頂いたご恩をお返しできるよう全力で頑張ってまいります。末長くよろしくお願いします。

店長のモデルでもある、I本さんの飼い猫・エージェントコーマソンことこまめ。別に具体的に何かをしてくれたわけではないけれども（笑）

表紙にお菓子の登場を許可して下さったミッシェルバッハ様。夙川クッキーローゼ、本当に美味しかったです！　お店で買ったクッキー、折角なので担当さんやL文庫の編集部にも食べて頂いたのですが、皆様絶賛されていました。担当さんはお家に持ち帰って娘さん（4歳）にあげたらしいのですが、「わあ〜おはなだ〜」と大喜びだったそうです。

そして読者の皆様。新刊が出る度に買って下さったり、口コミを広げて下さったり、応援の声を届けて下さったり。その一つ一つが、尼野ゆたかの力になっています。とても励まされます。本当にありがとうございます！

今回も登場するお菓子は全て実在し、実際に尼野ゆたかが食べたものばかりです。猫庵を始めてからあれこれお菓子を食べるようになりましたが、お菓子ってほんと日本中に個性豊かで美味しいものが沢山あるんだなと感嘆させられるばかりです。機会があれば是非どうぞ！

それでは、この辺で。またお目にかかれるのを楽しみにしています。

二〇二〇年　三月吉日　尼野　ゆたか

お便りはこちらまで

〒一〇二―八一七七
富士見L文庫編集部　気付
尼野ゆたか（様）宛
おぷぅの兄さん（おぷぅのきょうだい）（様）宛

富士見L文庫

お直《なお》し処《どころ》猫《にゃ》庵《あん》
猫《ねこ》店《てん》長《ちょう》、三《さん》冊《さつ》目《め》にはそっと出《だ》し

尼《あま》野《の》ゆたか

2020年4月15日　初版発行
2024年9月20日　3版発行

発行者　山下直久
発　行　株式会社 KADOKAWA
〒102-8177　東京都千代田区富士見2-13-3
電話　0570-002-301（ナビダイヤル）

印刷所　株式会社 KADOKAWA
製本所　株式会社 KADOKAWA
装丁者　西村弘美

定価はカバーに表示してあります。　◆◇◇

●お問い合わせ
https://www.kadokawa.co.jp/（「お問い合わせ」へお進みください）
※内容によっては、お答えできない場合があります。
※サポートは日本国内のみとさせていただきます。
※Japanese text only

ISBN 978-4-04-073608-2 C0193